사다리 사랑

국립중앙도서관 출판예정도서목록(CIP)

사다리 사랑 / 지은이: 이영희. -- 서울 : 선우미디어, 2014
    p. ;   cm

표제관련정보: 낭만과 추억, 사랑의 포토 에세이
ISBN 978-89-5658-376-1 03810 : ₩120000
한국 현대 수필[韓國現代隨筆]
814.7-KDC5
895.745-DDC21   CIP2014023606

사다리 사랑

1판 1쇄 발행 | 2014년 8월 25일

지은이 | **이영희**
발행인 | **이선우**
펴낸곳 | **도서출판 선우미디어**
    등록 | 1997. 8. 7 제305-2014-000020호
    130-100 서울특별시 동대문구 장한로12길 40, 101동 203호
    (장안동, 우성3차아파트)
    ☎ 2272-3351, 3352 팩스: 2272-5540
    sunwoome@hanmail.net
    Printed in Korea ⓒ 2014. 이영희

값 12,000원

ISBN 978-89-5658-376-1 03810

낭만과 추억, 사랑의 포토 에세이

사다리 사랑

이영희 글·사진

선우미디어 sunwoomedia

작가의 말

마음속에 짐 하나 덜려고 했더니, 초산初産보다 진통이 심했습니다. 수필이란 작가의 내면을 보여주는 일이라 다른 사람도 그렇다고는 하나 첫 번째 수필집을 내고 부실한 글 몇 꼭지 묶는데 십 년이 걸렸습니다. 그래도 이 과정을 거치고 나니, 엉켜있던 생각 타래가 풀려 정리된 듯합니다. 이래서 글자살이하기가 고통스러운데도 중단하지 못합니다.

어느덧 여든이라는 나이가 되었습니다. 남편이 떠나고 나니 모든 게 부질없어 보였습니다. 삶에 재미도 잿불처럼 사위어갔습니다. 유일하게 좋아했던 글쓰기도 취미로 붙들고 있던 사진 찍기도 여행도 감성이 소진되어 다시는 할 수 없을 거라고 단념했습니다.

그때 떠오른 게 언니와 동생이었습니다. 남은 날이 얼마일지 모르나 고향으로 돌아가 내 형제와 어렸을 때처럼 살고 싶었습니다. 난생 처음으로 과감한 결정을 내려 경상남도 사천에 사는 언니 곁으

로 갔습니다. 동생도 내 생각과 같았는지 이사해 나와 한 집에서 일 년 반을 보냈습니다.

정신적으로 안정을 찾고 마음이 훈훈해지니까 멀리 떠나버린 줄 알았던 감수성이 조금씩 살아났습니다. 반가웠습니다. 내 인생에서는 마지막 기회일 것 같아서 놓치기 싫었습니다. 새삼 혈육의 소중함을 느끼면서 여행을 다녔습니다. 틈틈이 글도 쓰고 사진도 많이 찍었습니다.

가족여행을 가자는 자식들의 청을 접고 이 책을 엮습니다. 십 년 만에 보는 늦둥이라 첫 번째 낸 수필집보다 애잔합니다. 특히 이번에는 사진을 많이 넣어 부족한 글을 덮어보려고 했습니다. 글 짜임새가 엉성하더라도 어여삐 고람高覽하여 주신다면 부끄러움을 다소 면하겠습니다.

끝으로 늘 다독여주고 채찍질해 주신 이정림 선생님께 이 책을 통해서 진심으로 감사의 인사를 드립니다. 지금까지 함께 활동하면서 조언을 아끼지 않으며 지켜봐 준 문우님들도 고맙습니다. 팔십 회 생일 기념으로 책을 내도록 도와준 아들들과 며느리들 고맙구나. 책을 예쁘게 만들어주신 그린에세이 사장님의 진심 잊지 않겠습니다.

2014년 7월　이영희

Contents

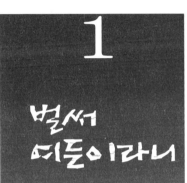

1

벌써
띠동이라니

벌써 여든이라니

내가 젊었을 때 어른들께서 지나간 날이 꿈만 같다고 하시더니 그 말씀이 맞았다. 팔십 고개는 꽤 높을 텐데 내가 올라와 보니 왜 그리 낮기만 한가. 그게 인생사라고 해도 착잡하다. 나만 그런 건 아니겠지만, 굽이굽이 고개도 많았다. 편하게 살았던 날은 희미하고 고생했던 일만 떠오른다. 다시 과거로 돌아가 살 기회가 주어진다면 수정해서 알차고 멋지게 살아보고 싶다.

첫 번째 고개는 낮은 동산이었고, 어려서의 일이라 아무래도 기억이 희미하다. 비교적 부유했던 부모 밑에서 초등학교와 십 대를 무해무득하게 보냈다.

스무 살 고개부터는 미래의 푸른 꿈에 부풀어 내 짝은 어떤 남자일까 호기심에 들떠있었다. 돌이켜 보니 중매로 결혼하여 남편의 직장 하나만 믿고서 부모의 도움 없이 빈손으로 사고무친인 서울로 왔으니까 고생을 안 했다고 볼 수는 없다.

서른 고개를 넘어서면서 셋째인 막내아들을 가졌다. 부족한 살림살이였지만 그런대로 불만 없이 세 아들을 건강하고 올바르게 키워보자는 일념으로 희망에 들떠 있던 시절이었다. 파랑새는 멀리 있는 게 아니라 가정에 있다는 걸 알았고 내가 원하는 걸 하면서 조금은 인생을 즐기며 살았다고 할 수 있다.

사십 고개를 넘을 시기에는, 말처럼 뛰지 않으면 도태되는 사회로 바뀌었다. 나는 경험도 없이 덩달아 전자사업에 뛰어들었다.

오십 고개에 올라왔을 때 사업은 이미 내리막길로 접어들었다. 사십 대로 돌아가고 싶었다. 쉰 살이라는 단어가 싫어서, 몇 살이냐고 물으면 마흔아홉이라고 했다. 삼 년을 고집부리다가 막상 쉰세 살 때는 내 나이를 망각하기도 했다. 결국 우유 한 잔 안 먹고 노후를 대비해서 애면글면 모은 재산을 사업 실패로 다 말아먹고 전셋집으로 나앉았을 적에는 앞이 보이지 않았다.

그러나 내리막길은 끝이 아니었다. 희망이 기다리고 있었다. 미련 없이 사업을 접고부터는 자식들이 장성하여 새 식구가 들어오면서 인생살이에 새로운 세상을 안겨주었다.

육십 고개에 오르면서 새로운 계획을 세웠으나 무산되었다. 삼십 대 중반부터 취미로 찍어온 사진으로 전시회를 열려고 했었는데, 남편이 일언지하에 그 돈으로 유럽이나 돌고 오자고 해서 다녀왔다. 그 시기가 내 결혼 사십 주년이기도 해 '루비 혼식'이란 제목으로 글 한 편 남기는 걸로 아쉬움을 달랬다.

그때부터 '인생 육십부터'라는 말을 믿기로 했고 나름대로 우아하고 멋있게 늙으리라 다짐했다. 그런데 세월은 나를 비웃듯이 야속

하게도 내 얼굴에 보기 싫은 그림을 제멋대로 그려놓았다.

칠십에 와서는 남편은 내 회갑 년의 사진전이 아무래도 걸렸었는지 아니면 이 고개를 무사히 넘길 수 있을까 하는 불길한 예감이 들었는지 매듭을 하나 지어보라고 했다. 나는 기다렸다는 듯이 십 년 지각은 했지만 그동안 쓴 글과 사진을 모아서 포토에세이집을 발표해서 회갑 때 못한 소원을 풀었다. 첫 번째 수필집을 갖게 되어 설레던 기억이 어제 같은데 어느새 십 년이 흘러서 나는 팔십 고개에 올라와 있다.

부부 중에 먼저 떠난 사람이 복 있다고 하던데, 나는 오십육 년을 동고동락하던 내 짝을 떠나보냈다. 먼저 경험한 친구들이 허전하고 못해 준 것만 생각나서 가슴이 아리다고 할 때도, 남의 일인 줄 알았는데 그 가슴 아픈 이별이 나에게 일어난 것이다.

"여보 뭐 하고 있어요. 나하고 스무고개 해야지요. 당신 없는 빈 자리에다 대고 물어볼 수도 없어 이제 외로움만 허공에 날리네요."

올여름 나는 팔십 회 생일을 맞는다. 남편이 있었다면 여든 살 때 데리고 가지 못한 손주들과 여행을 갔을 것이다. 자식들도 그걸 기억하는지 남편 기일에 모여서 상의하더니 아버지를 대신해서 안 가본 외국을 다녀오자고 한다.

나는 아버지도 안 계시는데, 그보다는 그동안 글과 사진으로 수필집을 내고 싶다고 했다. 내 자식은 못생겨도 귀엽듯이 내놓기는 부끄러운 글과 사진이지만 내 인생 후반부터 취미로 활동해온 이것이나마 남길 수 있었으면 한다고.

십 년 전 내 수필집 ≪포구에서≫를 낼 때는 책 제목에 맞는 표지 사진을 찍으러 가자며 남편은 나를 데리고 항구마다 찾아다녔다. 그때는 별거 아닌 듯했는데 남편이 떠나고 보니 어디든 멀다고 하지 않으며 운전해 준 남편이 이렇게 고마울 수가 없다.

팔십 회 생일에는 내가 돌아다니며 찍은 사진으로 표지를 하여 아들들의 도움으로 책 한 권을 꾸릴 수 있으니, 내 일생이 호화롭지는 않았어도 그런대로 괜찮은 삶이지 싶다.

내일을 기약할 수 없는 나이에 무엇을 더 바랄까. 내 벗과 같은 사진기를 메고 사진을 찍으면서 오늘 하루를 보람 있게 보내면 되지 않은가. 방금 떠올랐던 단어들이 깜박깜박할지언정 컴퓨터 앞에서 활자를 두드리다가 머리가 몽롱해지면 산책으로 건강을 유지하면서 말이다.

그만 끊자

내가 적극적으로 사진을 찍게 된 동기는 YWCA에서 사진 특강을 듣고, 뜻이 맞는 몇 명이 남아 '어머니 사진클럽'이라는 모임을 만들고부터였다. 그때 회원들은 대부분 내 또래로 삼십 대 중반이 주축을 이루고 있었다.

공통분모가 같은 사람끼리의 모임이라 뭐든 잘 통해 즐거웠으나 아이들이 어린 때라 시간 내기가 쉬운 건 아니었다. 그런데도 우리는 '나중에 시력이 나빠져서 카메라 앵글을 맞추지 못해도, 사진기를 놓지 말자.'며 서로 용기를 주었다. 청바지에 운동화를 신고 카메라를 메고 바삐 돌아다녔다. 회원들과 명소를 찾아 여행을 하다 보면 스트레스가 풀리는 건 물론이고 활력소로도 그만이었다.

그때가 1969년 5월이었고 강산이 네 번이나 바뀌면서 세월은 그냥 흘러가지 않았다. 늘 함께할 거라고 믿었던 회원들은 외국으로, 지

방으로 또는 유명을 달리하면서 점차 줄어들었다.

육십 대에 접어들면서 시간은 많아졌는데, 시력이 나빠졌고 체력이 의욕을 따라주지 못했다. 결국 일주일에 한 번 만나도 아쉬웠던 모임이었는데, 한 달에 한 번 만나 각자 찍은 사진을 품평하는 걸로 위안으로 삼았다.

그렇게 유일했던 재미에서도 멀어지기 시작했다. 누가 먼저랄 것 없이 하나둘 사진기를 장롱 속에 잠재웠고, 한 달에 한 번 극장을 찾는 영화클럽으로 변해갔다. 영화감상까지도 괜찮았는데 그것도 오래가지 못했다. 별수 없이 우리는 늙어가는 모습을 인정하면서 음식점으로 모이는 먹자클럽이 돼버렸다.

요즘은 두 달, 석 달에 한 번 만나는 70대 중, 후반에 이르렀다. 언제까지 꼿꼿할 줄 알았는데 희망은 놀라울 정도로 내리막길로 굴러갔다. 비싼 카메라를 겁도 없이 시새워 사들여 둘러메고 온갖 멋을 부리면서 활보하던 여인들의 활기는 찾아볼 수가 없다. 디지털 카메라에 밀려난 수동카메라와 인화를 해서 쌓아둔 사진만이 증거품으로 남아 있을 뿐이다.

회원들한테 만나자는 전화를 하면 날이 갈수록 핑계도 사정도 각양각색이다. 병원 예약이 있어서, 더워서, 추워서, 젊어서 같으면 아무 것도 아니었던 이유를 열거하면서 행동으로 옮기는 게 겁난다고 한다. 그런데도 보고 싶은 마음은 줄어들지 않아 서글프지만 목소리라도 들어야 하겠기에 전화를 하게 되었다. 곧 '전화클럽'으로 전락할 조짐이다.

내가 이들을 처음 만났을 때는 아들딸이 유치원 또는 초등학생이

었는데, 그들이 결혼해서 그 자녀들이 대학을 졸업했으니 전화클럽이 된 것은 당연지사라고 수긍하면서도 인생이 무상하기만 하다.

내가 젊었을 때 친구가 한 말이 있다. 자기 어머니가 친구들과 등산을 다니셨는데 어느 날부터 나가는 걸 싫어하더란다. 하루는 통화하는 소리를 듣게 되었는데, "뭐라고? 안 들려 그만 끊자." 하면서 안타까운 표정을 짓더라고 했다. 그 말을 들었을 때 한바탕 웃었던 게 엊그제 같은데, 그게 내 앞에 와 있었다. 목소리라도 듣고 싶은데 귀마저 들리지 않아 전화조차 받을 수도, 걸 수도 없게 된다면 이 노릇을 어찌할 것인가. '안 들려 그만 끊자' 하기 전에 어떤 방법으로라도 만나 '먹자클럽'이라도 이어가고 싶은데 나부터 몸이 꾀를 부린다. 하지만 꼭 사진을 찍어야만 맛인가. 과거 즐거웠던 날들을 밥상 위에 올려 반찬 삼으면서 추억을 되새김하는 것도 소중하지 않은가.

팔팔하게 뛰어다니던 삼십 대에 만든 사진클럽이 일흔 살 후반에 와서 전화클럽이 될 위기에 놓여있기는 해도, 언제라도 불러내면 한걸음에 달려가 만날 수 있게 건강이라도 유지해야겠다. 회원의 숫자가 줄어들어 슬퍼도 자연의 섭리로 받아들이려고 한다. 한 명이라도 더 알고 지내려고 했던 지난날이 있었으나 나이 들어가면서는 인연이 하나둘 끊어지게 두는 것도 순리라고 본다. 이별의 아픔을 줄이려면 인연을 적게 만들면 되겠지만, 그러한 만남으로 행복했던 날도 많았으니 누가 먼저 세상을 떠나더라도 기뻤던 날만 기억하려고 한다.

허균이 친구에게 보냈다는 쪽지 글에는 이런 게 있다. 심부름하는 아이에게 우산을 들려주면서 여인次仁 허균의 지우에게 보낸 내용이

다. '우산을 가지고 가도록 해 놓았으니 가랑비쯤이야 피할 수 있으
리. 빨리빨리 오시게나. 모이고 흩어짐이란 정해져 있는 것이 아니니,
이런 모임이 어찌 자주 있겠는가. 우리 흩어진 뒤에 후회한들 돌이
킬 수 있겠는가.'

　흩어진 뒤에 후회해도 돌이킬 수 없는 게 우정만은 아니겠지만,
나는 또 욕심을 부려본다. 그 어떤 모임보다 수십 년 이어온 이 인연
이 더디 흩어지길.

그래, 그럼 그래야지

여보. 당신이 떠난 지 어느새 한 달이 되었네요. 아직도 얼떨떨합니다. 당신이 잠깐 외출한 것 같아 기다리다가 깜짝 놀라곤 합니다. 이렇게 허무하고 허전할 수가 있나요. 당신이 떠나던 날 아침 아홉시 경에 침대 양쪽 난간을 잡고 앉아서 '아이구, 빨리 갔으면 좋겠다.'라고 했을 때 나는 미련하게도 아들들이 출근을 안 하고 당신을 지켜보고 있으니까 출근하라고 재촉하는 줄만 알았습니다.

당신이 그렇게 고통스러워하시는 줄 왜 몰랐을까요. 정말 아프고 고통스럽다고 말이나 좀 하시지. 11시쯤 당신이 정신을 놓을 때까지도 말똥말똥했지 않았습니까. 조금이라도 흐트러진 모습을 보였더라면 내가 당신을 무심하게 보내지는 않았을 것입니다.

당신이 내 곁을 떠나기 전날 밤. 당신이 고통스러워 잠을 못 이루는 것은 짐작도 못 하고, 내가 잠을 못 자서 머리가 아프다고 투덜거렸던 것이 이렇게 후회스럽습니다. 서로 상처받지 않게 하려고 정작 하고 싶었던 말은 못했지만 내 마음 당신이 알고, 당신 마음 내가 안다고 그렇게 평생을 살아왔잖습니까. 그랬는데…

여보, 당신과 내가 만난 지 어언 56년을 맞이하고 있었네요. 신혼 초에 자기도 말이 없으면서 나보고 말했지요. '나도 경상도이지만 아무리 경상도 여자라고 그렇게 말없이 무뚝뚝할 수가 있느냐'고요.

당신 그거 알아요. 우리는 중매로 만났습니다. 선 한번 보고 부모가 결정하여 맺어진 인연이었습니다. 정이 있어 만난 것이 아니었지요. 하지만 나 못지않게 당신도 무뚝뚝했고 살가운 데는 눈을 씻고 찾아봐도 없었던 성격이었던 것 인정해야 해요. 돌아보면 56년간 살아온 당신과의 삶이 기적같이 느껴집니다.

그러고보니 우리는 사랑한다는 말을 주고받은 적이 없네요. 참 결혼 초 몇 달 떨어져 있을 때 당신이 보낸 편지를 얼마 전에 대청소하던 날 꺼내 읽어 보았답니다. 편지 첫머리에 '사랑하는 영희 씨'라고 썼는데 그걸 읽으면서 울컥했어요. 50여 년을 살면서 직접 들어보지 못한 말이어서 그랬을까요.

여보, 그러나 당신과 내가 인연이 되어 살아온 결혼생활이 나빴던 것만은 아니었어요. 애들 어렸을 적에 이혼도장까지 찍었던 사건은 있었지만, 서로가 참고 견딘 보람은 아들 셋을 낳아 결혼시켜 사랑스러운 손주들의 재롱을 보고 기뻐하며 단란한 가정을 이루고 살아온 것이겠지요. 여보. 어느 책에서 읽었는데 '평범하게 살다가 가는 인생이 가장 행복하다'고 하더군요. 남들같이 떵떵거리며 살지도 크게 출세도 못 했지만, 노후에 돈 빌리러 다니지 않고 살아왔으니 그런대로 괜찮았다고 봐요.

나한테는 특별히 말 한마디 없이 떠나면서 당신 앞에 서 있는 아들 셋, 며느리 셋, 손자들에게는 '잘 살아라.' '잘 살아라.' '잘 살아

라.' 세 번 부탁했었지요. 당신은 흐뭇한 미소를 지었으나 먼 길 가야 한다는 걸 알고 있었을 테니 얼마나 참담했겠어요. 그때의 내 심정이 그랬었거든요.

당신이 떠나시기 얼마 전에 내게 한 말을 잊을 수가 없네요.

"여보, 나 아무래도 안 되겠어."

그 말을 듣는 나는 억장이 무너지는 것 같았어요. 어떻게 해야 당신에게 위로가 되는 건지 난감했습니다. '죽음은 피할 수 있는 것이 아니기에 덧없는 인생사 마음을 비우자고. 우리는 이제 살 만큼 살았으니까 생에 연연하지 말고 겸허히 받아들입시다.' 했지요. 그때 당신이 대답했지요.

"그래, 그렇지. 그래야지. 나도 다른 사람이 그런 말을 할 때 그랬으니까." 하면서 체념한 듯 담담한 표정으로 나를 바라봤지요. 당신도 공감했으니까 그렇게 말했으리라 믿기는 했지만, 사랑하는 가족을 두고 가야 하는 그 마음이 얼마나 쓰렸겠어요. 나도 당신을 보면서 절실하게 몇 달이라도 더 같이 있고 싶었는데 떠나려고 하는 사람에게 차마 그 말을 할 수가 없었어요. 그리고 당신이 내 처지였어도 마찬가지였을 테지만, '우리는 이제 살 만큼 살았으니까 생에 연연하지 말고 겸허히 받아들이자.'고 한 말은 곧 후회했습니다. 내 행동이 언짢았었다면 이다음에 만나서 용서를 빌게요.

여보, 우리 이 세상에 와서 계획대로 되지 않아 쓰디쓴 차를 마신 적도 있었지만, 분위기 좋은 찻집에서 향기로운 차를 마신 것만 기억하기로 해요. 나도 당신 없는 이곳이 공허하지만, 행복했던 추억만 안고 차 몇 잔 더 마시고 당신 곁으로 갈게요.

생후 처음 맞이하는 자유의 날

　많은 사람이 성탄의 기쁨을 나누는 크리스마스 전날, 나에게는 처음으로 혼자 맞이해야 하는 슬픈 결혼 56주년을 하루 앞둔 날이다.

　반쪽 결혼기념일이 무슨 의미가 있을까? 아직도 남편의 부재가 실감 나지 않는데. 55년을 함께 했으니 내 생의 전부였다고 해도 과언이 아니다. 지금도 불쑥 문을 열고 '여보~' 하면서 들어올 것만 같다. 외출했다가 막 돌아오는 사람처럼.

　우리는 결혼기념일을 한 번도 지나친 적이 없다. 성탄절과 겹치는지라 자연스럽게 공휴일이 되었다. 해마다 아들, 며느리, 손자 손녀가 함께 했다. 되돌아보니 꿈같이 가버렸으나 만족스러움을 안겨준 기념일이었다.

결혼 일주년인 지혼식紙婚式에는 둘이서 사진관에 가서 기념사진을 찍고 영화 '벤허'를 봤다. 맛있는 저녁을 먹으며 달콤한 이야기로 앞날을 설계했다. 2주년에는 9개월이 지난 아들을 안고 기념촬영을 하고 종로 한일관에서 저녁을 먹었다. 한국전쟁이 끝난 지 몇 년이 지났으나 당시에는 그 사람들을 우선 채용했기 때문에 심부름하던 이들 대부분이 전쟁으로 홀로된 여인이었다. 그들이 스스럼없이 다가와 아들을 안고 어르고 돌봐주는 덕에 편안하게 밥을 먹었던 기억 또한 선명하다.

매년 찍은 기념사진 속에 식구들의 숫자가 늘어나듯 우리 집 행복한 역사는 새록새록 쌓여갔다. 결혼 오십 주년인 금혼식(金婚式)에는 고등학생인 큰 손녀부터 유치원생인 막냇손자까지 전 가족 열다

섯 명이 중국으로 여행을 갔다. 그곳 해남도 해수욕장에서 아들, 며느리, 손자, 손녀가 어울려 노는 모습을 보니 온갖 근심이 사라지는 듯했다. 남편과 나는 지난날을 이야기하고 또 그들의 미래를 그려보았지만, 더 바랄 게 없었다. 지금도 거실에는 그날의 사진이 걸려 있다. 해남도의 물빛과 모래사장을 아이들이 평화롭게 뛰어다니고 있다. 남편의 웃음소리도 어제 일처럼 귀에 쟁쟁하게 들려온다.

비록 남편을 보내고 혼자 맞은 결혼기념일이지만 둘이 만들었던 추억은 나를 부추겼다. 가만히 있기가 허전하여 막내에게 전화를 했다.

"막내야, 내일이 25일인데 할 일 있냐?"

"별일 없는 데요."

수화기 너머 아들이 잠시 멈칫하는 듯하더니,

"아, 엄마. 올 25일은 생후 처음 맞이하는 자유의 날인데요."

순간 나는 이게 무슨 말인지 얼른 알아차리지 못했다. 이어 망치로 뒤통수를 한 대 얻어맞은 듯했다. 여태껏 자식들의 심중을 헤아리지 못하고 무심하게 지내왔다는 자괴감과 그동안 불평 한마디하지 않은 아들 며느리에 대한 고마움이 불현듯 솟구쳤다.

그러고 보니 며칠 전 큰아들이 점심 모임을 주선한 데는 이유가 있는 듯했다. 그날은 대통령 선거일이었다. 결혼기념일보다 사오 일 정도 빠르니 일찍 투표 끝내고 모두 모여 점심을 먹기로 했는데, 나는 그걸 눈치채지 못했다. 자식들 역시 아버지의 빈자리가 나에게 상처가 되리라 염려했던 게다. 암묵적으로 56주년 결혼기념 모임을 가진 셈이다. 단지 나만 모르고.

평소 다복한 가정이라는 말을 듣곤 했다. 그럴 때면 내심 으쓱하면서도 자식들이 마땅히 하는 일이라고 여겼다. 나 역시 맏며느리가 아니면서도 시어머니를 모시고 살았기에 효(孝)를 내세우기보다는 소리 나지 않고 행하는 게 내 신념이어서인지 우리 식구가 물 흐르듯이 살아왔다.

그러나 지금 세상은 어디 그러한가. 으레 핵가족이 이상적인 가족 제도처럼 정착했고 대부분 부모보다는 자식 위주로 가고 있지 않은가. 그런데도 내 아들과 며느리는 부모의 결혼기념일을 꼭 챙겨주었으니 얼마나 효성스러운가. 진작 알고는 있었으나 내 생에 따뜻하고 고마운 선물이었다. 때문에 '생후 처음 맞이하는 자유의 날'이라는 막내의 말도 야속하게 들리지 않았다.

막내답게 어리광을 부리듯 웃으면서 한 말에 '알았어, 생후 처음 맞이하는 자유의 날 마음껏 즐겨라.' 하고 받아넘기면서, 앞으로는 내가 먼저 아들 며느리의 결혼기념일에 축하의 전화라도 해야겠다고 다짐했다.

한 생각 돌리니 서운했던 마음이 한결 평온해졌다. 결혼기념일인 25일 아침에 내 딴에는 생색을 좀 낸다고 거실에서 TV를 보고 있는 큰아들에게 말했다.

"아들아, 오늘은 네가 태어나서 처음 맞는 자유의 날인데 어멈 데리고 나가 맛있는 것도 먹고 영화도 한 편 보고 들어와라."

"아니에요. 어머니도 혼자 계시는데 집에 있겠어요."

단순히 장남과 막내라는 위치 차이일까. 성격 탓인가. 허전했던 마음 밑바닥에서부터 따뜻한 바람이 불어왔다.

세종대왕 이李씨

지중해를 여행하던 중 터키를 상징하는 도시 이스탄불에 들러 돌마바체 궁전으로 가는 길이었다. 버스 안에서 안내자는 터키의 근대사를 간략하게 이야기해 주었다. 몇 살인지 가늠하기 어려울 정도로 생동감 있고 해박한 여성이라 더욱 돋보였다면 지나친 편견일까. 현지 가이드라고 자신을 소개하는 그녀는 비록 타국에 살지만 그 뿌리는 조국에 있다는 것을 분명히 밝혔다.

안내자는 버스에 오르자마자 생글생글 웃으면서 이 안에 자기와 같은 이름을 가진 분이 있어서 반갑다고 했다. 고향 까마귀만 만나도 반갑다는데 이역만리에서 이름이 같은 사람이 같은 차에 탔으니 얼마나 반가웠으랴. 그녀의 웃는 표정도 정겨웠고 체격도 나와 비슷하여 단번에 자매 같은 느낌이 들었다. 비록 머나먼 타국에서의 인연이지만, 즉흥적으로 뿌리를 찾는 정서가 발동했다. 본관本貫이 어디냐고 물었더니 그녀의 대답이 걸작이다.

"세종대왕 이李 씨입니다. 어디에서든 당당하게 왕족의 뿌리라는 자부심을 갖고 살라고 아버지가 내린 본本이에요. 우리는 이 가家가 아닌 이 씨氏입니다."

본관은 나와 달랐지만 세종대왕 이 씨인 것에 그녀의 자부심은 대단했다. 성姓이란 부계의 혈족을 표시하는 칭호이며 현재 사용되는 우리나라 성씨의 숫자만 해도 270여 개라고 한다. 김·이·박처럼 단수의 성이 있는가 하면 선우·독고·남궁과 같은 복성도 있다. 기록에 의하면 성은 고대부족국가 때부터 사용했다고 하는데 보편화된 것은 고려 문종 때부터라고 한다.

자신의 뿌리를 의미하는 성에 대한 자긍심은 우리만큼 대단한 민족도 없지 싶다. 일제강점기에 일본은 우리 민족에게 줄기차게 일본식 성명 강요를 요구했지만, 끝까지 굴복하지 않았다. 그중에는 지식인도 있고 상민들도 있었다. 그들은 '성을 바꾼다, 족보에서 뺀다'는 이런 말을 최대의 수치로 알았다. 그게 우리의 민족성이고 문화다. 하지만 지금은 전통이 점점 희박해지는 추세라 걱정스럽다. 부모 성을 함께 쓰는 진보적인 사람도 꽤 있는데, 뿌리에 대한 자긍심으로 타국에서 당당히 살아가고 있는 세종대왕 이 씨를 보며, 나는 흐뭇했다.

안내자는 터키의 마지막 황태자 오르한1908-1993의 기구한 일생을 이야기하면서도 우리 조선왕조의 마지막 황태자 영친왕 이은李垠1897-1970을 생각하면 가슴 아프다고 했다. 나는 그이의 말에 공감했다. 두 사람은 역사의 뒤안길로 쓸쓸히 사라졌지만 그들의 흔적과 발자취는 박물관과 역사의 현장으로 보존되고 있기 때문이다.

열넷 살의 오르한은 군사정권에 의하여 50년이 지난 후에는 방문해도 괜찮다는 허락을 받고 하루아침에 추방을 당했다고 한다. 그로부터 70년이 지난 1992년, 어린 왕자는 초라한 노인이 되어 조국

을 찾았다. 그는 조심스럽게 트랩을 내려와서 덥석 엎드려 땅에 입을 맞추고, 주저앉아 한없이 울기만 했었다고 말할 때 안내자의 목소리는 잠겨있었다. 모두 숙연하게 우리의 역사를 듣는 듯했다.

지금은 박물관으로 관광객의 호기심을 끌고 있는 궁전으로 들어서니 가슴이 찡했다. 칠십 년이 지났는데도 그가 뛰어놀던 정원과 놀이기구였던 굴렁쇠는 잠시 멈춰있는 듯했고, 침실에 침대도 그대로 보존되어 있었다. 후세 사람들은 관광 상품처럼 화려한 전시물을 바라보며 입을 다물지 못했지만, 비운의 황태자인 오르한의 심경은 어땠을까.

조국 땅을 밟은 지 일년 반 뒤, 그는 영국의 한 작은 아파트에서 쓸쓸히 숨을 거두었다고 한다. 그것도 사후 일주일이 지나서야 발견되었다고 하니, 이 얼마나 비참한 역사의 업보인가. 터키어로 '돌마바체'란 '가득 찬 정원'이라는 뜻이라는데 오르한에게는 '한恨으로 가득 찬 정원'이었으리라 추측하며, 우울한 기분으로 다음 행선지를 향해 버스에 올랐다.

나는 버스에서 오르한과 우리나라 마지막 왕을 비교했고, 나라를 구하기 위해 몸을 아끼지 않은 지혜로운 이순신 장군을 떠올렸다. 얼마나 위태로웠던 조선이었던가. 그 작은 조국을 일으켜 세우기 위해 바친 생명은 얼마인가. 남의 나라에서 안내 일을 하면서도 모국을 잊지 않고 관광객들에게까지 나라 사랑을 일깨워주고 있는 그 여인이 훌륭해 보였다. 나도 나라가 없었다면 어떻게 외국까지 구경을 나섰겠는가. 수많은 풍경과 유물을 보았으나 민족의식이 투철한 한 여인을 알게 되었다는 것이 그 어느 때 여행보다 값졌다.

2

낙엽
별장

낙엽 별장

언니 부부와 경상남도에 있는 대원사 쪽으로 출사를 갔다. 언니는 DSLR카메라를, 형부는 비디오카메라를, 나는 가볍고 편리한 디지털카메라를 준비했다. 11월 초 이곳을 지나가면서 보았을 때는 절 입구에 단풍이 절정을 이뤘으나 바쁜 일이 있어서 사찰 안에는 들어가지도 못하고 바깥에서 몇 컷 찍고 왔다. 그 미련 때문에 이번에 다시 갔다.

한 보름 지나간 사이에 절 주변과 계곡에는 헐벗은 나무들과 낙엽이 우리를 맞이해 주었다. 그 자체도 사진 소재가 되기는 하지만, 한창 울긋불긋할 때 그냥 돌아간 것이 후회스러웠다. 허나 아쉬워할 일만은 아니었다. 나도 여든 해가 흘러 지금은 낙엽 쌓인 가을 산처럼 변했으나 한때 화려한 단풍처럼 부러울 게 없던 시절이 있었지 않았는가.

　내가 동기간과 지내려고 결단을 내리기까지는 오래 망설였다. 2012년 봄에 남편을 잃고 허전함을 달랠 길 없어 방황했다. 그러다가도 정신이 들면 남편도 일 년 반을 병중에 있으면서 식구들을 고생시켰는데, 나마저 자식들을 힘들게 하면 안 되지 하고 버텼다.

　지푸라기라도 잡고 싶었다. 몸과 정신을 건강하게 하려고 하루는 용기를 내어 노인복지관 사진반에 등록하여 어울리려고 노력도 해보았다. 그러나 늙음은 거스를 수 없다는 것을 인정하고 터벅터벅 돌아왔다. 내가 오십 대 초반이었을 때도 이와 비슷한 일이 있었다. 내가 나가는 모임에서 늙수그레한 회원이 있었는데, 무심히 말한 것이겠지만 한 회원이 '나이가 저리 많아 가지고' 하면서 말끝을 흐릴 적에 내 기분이 참 씁쓸했다. 아무리 백세시대라고는 하지만 팔십이 눈앞에 와 있는데, 모임에 나간들 누가 반기겠는가.

남편이 떠난 그해 9월. 나는 부산에 사는 동생 부부에게 내 사정을 이야기하고 동생 내외와 고향에 사는 언니 곁으로 이사를 했다. 언니, 동생과 취미생활을 할 수 있어서도 좋았지만 무엇보다 세 자매가 어울려 사니까 의지가 되었다. 어려서 일들이 기억 속에 남아서 옹달샘같이 새록새록 솟아났다. 고생했던 이야기가 나오면 마주보고 울기도 하고, 네가 잘못했느니 내가 잘했느니 하면서 우리는 동심으로 돌아갔다. 옆에서 듣고 있는 형부와 제부는 싱긋이 웃으며 부러운 듯 바라보았다.

이 사회의 흐름이 핵가족시대라 부모를 부담스러워하는 자식이 많다는데, 그러기 전에 세 자매가 오순도순 기억을 되살리면서 사는 것도 괜찮겠다고 판단했다. 자식들은 무엇이 부족해서 그런 대형 사고를 쳐서 자식들을 불편하게 하느냐고 했지만, 그게 가족에게도 홀가분할 거라고 단정했다.

모여서 사니까 장점이 많았고 웃을 일도 생겼다. 아쉽다면 어려서는 한집에서 아무 문제없이 이십여 년을 자랐건만 언니도 동생도 결혼해서 오십여 년을 각자 살던 방식이 있어서인지 사고도 성격도 달라져 있었다. 왜 안 그렇겠는가. 한 공장에서 만들어진 물건도 쓰임새에 따라서 다른데. 하지만 다 늙어 모여 살아보니 부모님과 지냈던 시간이 새록새록 그립기만 했다. 형부는 우리 집에 오면 내가 있는 방은 서울 별장, 동생이 있는 방은 부산 별장이라고 부르는데, 딱 맞는 말씀이었다.

남편이 떠나고 마음 붙일 곳이 없었는데, 일찍이 사진을 취미로 택한 것은 참 잘했구나 싶다. 팔십 줄에 들어선 언니, 형부도 사진에 취미를 갖고 있어서, 나도 덩달아 방방곡곡 자연을 벗 삼아 돌아다니고 있으니 이만한 노후도 드물지 않겠는가. 무료하면 치매 예방을 핑계 삼아 동생과 고스톱도 치고 아직은 밥도 해 먹을 만큼 건강하니 우리 곁에 머물고 있는 여유로움이 고맙다. 비록 다섯 노인이 모여 있으면 '낙엽 별장' 같으나 나는 이 속에서 생겨나는 것들이 다 소중하다. 낙엽은 한해의 갈무리이지 끝이 아니기 때문이다.

가난하지만 즐거운 행복

버스는 우리를 톤레삽 호수 어귀에 내려놓았다. 주변은 관광버스에서 내린 사람들로 저잣거리 같았고 인파라는 말을 실감할 정도로 붐비었다.

'캄보디아의 어머니'라고 칭하는 톤레삽 호수―동양 최대의 담수호요, 우리나라 경상남도의 두 배에 달하는 크기로 물고기의 양이 단위 면적당 세계 최고라고 한다. 예전에는 고기가 많아 배가 앞으로 나가지 못했다는 기록이 있는데 지금은 관광객들 때문에 배가 못 나갈 정도라고 한다.

배 주위에는 초등학교 사오 학년쯤 된 소년이 수영을 하며 우리의 시선을 끌고 있었다. 맑고 천진스런 눈빛을 마주하다가 무심히 내려다본 물빛을 보고 깜짝 놀랐다. 황토를 풀어놓은 듯한 탁류 속에서 소년은 유유자적하게 관광객을 향해 손을 흔들고 있었다.

황하에서 발원한 물이 메콩 강을 거쳐 그곳에 이르기까지 숱한 사연을 굽이굽이 싣고 왔으리라. 문명이라는 안경을 쓰고 바라보는

캄보디아는 가난하지만 불편함을 모르고 살아가는 사람들로 가득하다. 마치 우리의 4~50년대 같은 수준이랄까.

우리도 한때는 새벽에 냇물을 길어와 큰 항아리에 부었더가 가라앉혀서 먹었던 시절이 있었다. 그뿐이 아니었다. 이동하는 도중 차창밖으로 스치는 풍경 속에는 쓰레기더미를 뒤지는 아이들도 보였고, 나뭇잎으로 얼기설기 엮어서 지은 집 앞에서 머릿니를 잡고 있는 모녀도 있었다. 수치심이라곤 전혀 없이 내미는 구걸의 손도 수두룩했다. 우리나라가 가난했던 날을 떠올리면서 그들의 일상에서 느끼는 연민은 지금 우리의 삶이 풍요롭기 때문일까. 구릿빛 소년의 얼굴을 바라보니 마음이 짠했다.

거대한 바다라는 표현이 더 적합한 호수를 향해 우리는 배에 올랐다. 좁은 강폭을 따라 이십여 분을 흘러가니 수상학교라는 건물두 동이 물 위에 두둥실 떠 있었다. 대부분의 캄보디아 부모들은 자식을 돈벌이 수단으로 이용한다는데, 배가 지나가도 학생들은 개의치 않고 공부에 열중하고 있었다. 학업에 전념하는 어린 학생들의모습에서 캄보디아의 앞날이 밝다는 희망을 보았다.

우리 또한 전쟁으로 폐허가 됐던 것을 일으켜 세우고, 각 분야에서 인재들이 나와 세계에 우리나라를 알리는 데 교육열이 한몫을하지 않았는가. 더구나 수상학교 중 건물 한 개는 우리나라 모 기업이 지어주었다고 했을 때는 내가 지어준 것처럼 가슴이 벅차올랐다.

수로를 거슬러 삼사십 분 정도 갔을까. 망망대해에 부평초처럼 떠있는 수상가옥이 눈앞에 펼쳐졌다. 과연 지구촌 관광객을 불러들일 만큼 이국적인 풍광이었다. 2만여 명이 이 호수에 의지하여 살아간다고 하니 '캄보디아의 어머니'라는 말이 틀리지 않는 듯했다. 수상가옥 앞에는 배들이 한 척씩 매달려 있었고, 더러는 배를 수리하는지 배 밑바닥을 들여다보고 있었다. 배는 이들의 생계수단이니 소홀히 다룰 수가 없을 게다. 곤궁한 삶의 단면들이 물살에 고스란히 드러났지만 그들의 표정은 어두운 기색이 없다. 어민 대부분은 월남전 당시 흘러온 보트피플이라 하니 남의 나라 물 위에서 반백 년이 넘게 살아온 셈이다.

언젠가 신문에서 읽은 기사가 문득 떠올랐다. 조선 말, 한강을 역류하여 금강산에 갔던 영국의 모험가 이사벨라 비숍이 만난 선상족船上族의 낭만적인 이야기다. 이들 한강 선상족은 북한강 상류인 소백산 오대산 등지에서 굵은 목재를 잘라 뗏목을 만들고 통나무집까지 만들어 선상생활을 해 왔다. 물론 생계수단으로 시작했지만 뗏목 바닥에서 물이 솟지도 새지도 않게 흙을 깔아 남새도 가꾸고 호박덩굴을 지붕에 올리기도 했다. 아들딸 낳고 닭이나 오리도 기르며 오일장이 서는 고을을 지날 때면 강변에 뗏목을 대어 산채, 약재, 모피, 목기, 바구니 등을 사고팔며 종착지인 뚝섬에 이르렀다고 한다. 이들은 몰려든 상인들에게 산지 물품을 팔아넘기고 다시 산으로 올라가 산막을 치고 살다 뗏목을 만들어 한강을 오르내리며 살았다고 한다. 사오십여 가족이 있었다는 전설적 내용이 불과 일세기 전의 이야기이니, 세월은 흐르는 물과 같다는 말에 공감할 수밖에.

선상휴게소로 향해 가는데 피부가 까맣고 반들거리는 애들이 어디서 나타났는지 순식간에 쪽배를 타고 우리 배 주변으로 모여들었

다. 그중 몇은 재빠르게 플라스틱 통으로 옮겨 앉아 물을 헤치며 다가와 우리에게 손을 내밀었다. 까만 손과 깊은 눈매가 애처로워 지갑을 찾으니 가이드가 단호하게 제지했다. 구걸로 하루벌이가 쏠쏠해서 공부는 뒷전이고 부모도 아이를 앞장세워 편하게 살려고만 해서 정부도 골칫거리라 했다. 구걸에 길든 작은 손이 장차 건강한 노동시장의 큰손이 될 수 있을까. 꼬마 노숙자들을 보는 것 같아 씁쓸했다.

숙연한 내 심정을 알 리 없는 물결은 또 다른 쪽배를 실어왔다. 세 살 정도의 여자아이를 품에 안은 엄마는 무표정이었고 꼬마의 눈동자는 슬프도록 맑아 보였다. 살 수만 있다면, 상처받지 않은 영혼을 돈으로라도 사고 싶은 충동이 일었다.

캄보디아 여행은 과거로의 여행이었다. 까마득히 잊어버린 기억이 그들 속에서 되살아나 나를 설레게도 했고, 반추하고 싶지 않은 순간도 떠올라 낯을 붉히기도 했다. 가난은 나라님도 구제 못 한다는 옛말도 있지만 가난 속에서도 씩씩하게 살아가는 그들이 진정 평화로워 보였다.

그들은 이렇게 말할지 모른다. 가난은 단지 살아가는 데 불편할 뿐이라고. 다가오는 하루하루를 어쩔 수 없이 맞으며 충실하게 살고 있다고. 하지만 가장 낮은 데서 고요하게 살아가노라면 그 안에 행복이 있더라고. 그러니 호수 입구에서 수영하던 소년의 밝은 표정도 일상이고, 황토물도 그들에겐 전혀 문제가 되지 않는 일과過이리라.

조랑말

　마닐라 따가이따이에는 따알 호湖가 있고 그 호수 가운데에는 따
알 화산이 작은 섬으로 떠있다. 따알 화산까지는 배로 이동하여 선
착장에서 1시간 정도 조랑말을 타고 산 정상까지 간다. 아직도 그
곳 분화구에서는 연기를 뿜으며 온천이 쏟아져 나오고 있다. 해발
700m 정상에 오르면 경승지景勝地로 소문난 만큼 빼어난 풍광에 탄

성이 절로 나온다.

제주도 한라산에 있는 백록담을 연상케 하는 분지는 세계에서 가장 작은 활화산으로 달걀을 담가 놓으면 익을 만큼 물이 뜨겁다. 물은 백록담보다 많이 고여 있어 넉넉한 인상을 주는데, 물은 역시 사람의 마음을 포근하게 하나 보다.

화산이 폭발하여 호수가 되고 그 호수 속의 섬이 또 폭발하여 호수가 생겼다고 하여, 호수 속의 화산, 화산 속의 호수라고도 한다. 우리가 구경하는 동안 작은 섬 하나가 다시 폭발하는 것은 아닌가 하고 조금은 걱정스러웠다.

풍문으로는 50년 만에 한 번씩 폭발한다는데, 20년 전에도 폭발하여 이곳에 있던 사람들이 다 죽었다고 한다. 그래서 당국에서는 사람들을 살지 못하게 하면서 관광객은 받아들이고 있으니, 위험을 알면서도 찾고 있는 관광객이나 외화를 벌어들이기 위한 그들이나 안전 불감증에 익숙한 것은 똑같다고 보겠다.

26년 전 은혼식 기념으로 필리핀에 갔을 때 그런 곳이 있다는 소리를 듣지 못한 것을 보면, 그 당시는 언제 폭발할지 몰라서 개방을 일시 중단했든지, 그 후에 폭발하여 개발하게 된 것인지는 확인하지 못했다.

갈증이 나던 차에 얼음물에 담가놓은 야자수를 샀다. 한 모금 빨아들이면서 내려다본 아래에는 조금 전에 관광객이 타고 온 말들이 지친 몸으로 여물을 열심히 먹고 있었다. 매일 같은 길을 반복하여 오르내리니 얼마나 지루하고 지쳐있을까.

이곳의 말馬 중에는 제주도 말이 40%라고 한다. 예전에는 제주도에 있으면 무조건 제주도 말이라고 불렀는데 지금은 DNA 검사와 깐깐한 외모 심사 기준을 통과해야만 '천연기념물(347호)'로 인정받을 수 있다고 한다. 그런 우리 고유의 제주 말이 남의 나라에까지 가서 그 고생을 하고 있다니 한편으로는 속이 상했다.

제주마馬는 체구가 3척에 불과하지만 강건하며 성품이 온순하다고 한다. 환경 적응력도 좋아 따가이따이에서도 잘 견디는 모양이다. 환경도 제주도는 바다 가운데, 따가이따이는 호수 가운데여서 두 곳이 닮은 데가 있구나 싶다.

말고삐를 잡고 있는 마부들은 17–18세쯤 되는 애들과 60대 노인도 있었다. 나는 말을 타 본 적이 없어서 잠시 망설이다 용감하게 올라탔다. 균형을 잡지 못해 여러 번 떨어질 뻔해서 겁이 났으나 다행히 마부가 경험이 있어 보여 안심했다. 하지만 나 하나도 힘들 텐데, 마부까지 타고 올라갔으니 얼마나 힘들었을까. 우리는 먼지 때문에 마스크를 썼지만 말은 그 먼지를 다 마셔가면서 험한 산길을 꾸벅꾸벅 힘들게 올라가는 것을 보니 내가 탄 말이 제주 말은 아닌가 싶어 안쓰러웠다.

떠올리고 싶지 않지만 내가 살아온 길도 이 조랑말만큼이나 힘들었던 적이 있었다. 살림만 하다가 남편의 정년퇴직 후를 대비한다고 사업을 시작했다가 얼마 안 가서 거덜났을 때는 눈앞이 캄캄했었다. 이 조랑말처럼 어린아이들을 업고 손잡고 언덕이고 자갈길이고 오르다가 넘어지고 일어서기를 수없이 했다.

그랬던 내가 남의 나라에까지 가서 조랑말을 타고 산에 오를 줄 누가 알았을까. 이 또한 가족을 위해 젊은 날을 성실하게 살아온

남편과 든든한 아들들이 말처럼 쉬지 않고 수고한 결과라는 것을 잘 알고 있다. 가족을 편하게 해주려면 누군가의 희생이 없이는 불가능하다는 것을 왜 모르겠는가.

지금 이 말도 그때의 나처럼 숨이 차고 다리가 아픈가 보다. 넘어져서 일어나지 못할까 봐 속으로는 조마조마할 것이다. 아무런 반항도 하지 못하고 마부가 당기는 대로 오른쪽이든 왼쪽이든 꾸벅꾸벅 험한 산길을 묵묵히 가고 있는 게 불쌍하여 내리고 싶었다. 헉헉대는 말의 숨소리를 듣자니 내가 걸어서 갈 수만 있다면 정말 그러고 싶었다.

동네 어귀까지 내려왔을 때다. 공터 한옆에 누워있는 흰말 한 마리가 눈에 띄었다. 말은 잘 때도 서서 잔다고 할 만큼 다리가 튼튼하다고 들었다. 말뼈에는 글리코겐 함유량이 우유의 4배나 된다고 해서 관절·류머티즘·골다공증인 환자한테 도움이 된다고 했는데, 저렇게 누워있는 것은 생명이 얼마 남지 않았다는 징조가 아닌가. 그것까지도 다리와 허리가 아파 집안에 있는 날이 많아진 나를 닮아 있어서 코끝이 찡해졌다.

삶의 무게에 짓눌렸던 그 시절 나는 한 마리의 조랑말처럼 허우적거리며 그곳을 벗어나고 싶었지만, 지금은 젊고 역동적이었던 그때가 그립다. 아직 나는 뛰어다니는 조랑말이고 싶은 것인가.

코타키나발루

세계에서 세 번째로 크다는 섬, 코타키나발루. 휴양지로도 유명한 섬에 내가 올 줄은 상상도 못 했다. 여행을 떠나기 며칠 전이다. 막내며느리가 전화로 말레이시아 코타키나발루 섬으로 4박 6일 같이 가자고 한다. 귀가 번쩍 띄었다. 바로 전해에 남편을 저세상으로 보내고 비행기를 타는 일은 없을 거라고 단념하고 있었기 때문에 더욱 그렇다.

그런데다 날 잡아 놓으니까 어떻다고 몸이 아프기 시작했다. 동네 병원에 가서 X레이를 찍었는데 폐렴이었다. '다음날 여행을 하기로 돼 있는데, 어떡하죠.' 했더니 의사가 그 몸으로 어딜 가느냐며 걱정스러운 눈초리로 말렸다. 나도 남의 나라에까지 가서 자식들 고생시킬까 봐 망설였기에 포기하려고 했다. 그런데 며느리가 나에게 맞는 식품이 있다고 안심시켜서 못 이기는 척 여행 쪽으로 쏠리고 말았다.

비행기가 이륙할 때다. 세 시간 오십 분을 가야 한다고 했다. 기침도 나오고 어지럽고 속이 메스꺼우면 어쩌나 싶어 눈을 꼭 감고 숨도 제대로 쉬지 못했는데, 이렇게 고마울 데가 있을까. 공연히 미리 겁을 먹었던 것이다. 건강했을 때처럼 무사히 목적지에 도착했다.

코타키나발루는 휴양지답게 가족끼리 정을 쌓는 여행지로 적당했다. 남녀노소, 어린이들도 위험하지 않게 놀 수 있도록 실외수영장도 있고, 맨발로 모래를 밟으며 몇 걸음 나가면 확 트이는 바다는 나를 어서 오라고 손짓하고 있었다. 주위에는 골프장도 있었지만 나하고는 상관 없어 관심 밖이었다.

우리가 투숙해 있는 곳에서 배를 타고 몇십 분 나갔다. 거기에는 바나나보트 등 놀이기구가 많아 아들 며느리는 시간 가는 줄 모르고 놀았다. 나는 나무 그늘에 앉아서 에메랄드처럼 짙푸른 바다만 바라볼 뿐이었지만, 이곳까지 온 것만으로도 여한이 없다. 우리나라 11월은 초겨울이지만 이곳은 한여름으로 수영복을 입고 지내고 있어서 한 달이라도 이곳에 머물다 가고 싶었다.

'코타키나발루'를 설명하자면 '코타'는 지역 이름이고 '키나발루'는 그곳의 산 이름이다. 동남아 최고의 산이라니까 호기심이 발동했다. 도착해서 3일째 되던 날, 아들 며느리와 일행이 산에 간다기에 관광버스가 가는 데까지라도 가서 사진이라도 남기고 싶어 따라나섰다. 기대가 크면 실망도 크다더니 남길만한 소재가 없어 실망이 컸다. 하는 수 없이 아들만 믿고 등산을 하기로 했다. 몸이 성치 않아 힘들었다. 괜히 따라왔다고 자책도 했지만, 그 높은 키나발루에도 올라갔다는 게

뿌듯했다.

하루는 민속촌으로 갔다. 묵고 있는 리조트에서 약 한 시간 거리였다. 도심에서 떨어진 숲 속에 있었는데, 소수민족의 주거형태와 당시의 생활 수준을 볼 수 있었다. 우리나라도 살아가는 방식이 충청도 경상도 제주도가 다르듯이 '두순'이라는 곳은 전통방법으로 빚은 술맛을 보라는 것인지, 대나무 잔에 술을 한 잔씩 따라주면서 관광객들을 맞이하고 있었다. 술을 먹지 못하는 나도 조금 마셔 보았더니 순하고 향긋했다.

또 한 곳을 지나가는데 길옆에 썩은 바가지 같은 것이 매달려 있기에 무언가 하고 들여다보니 사람의 해골이었다. 곳곳에 걸려 있었는데 오싹했다. 안내자의 말이 해골이 많이 걸려있는 집은 전통 있는 집안이라고 해서 나라마다 풍습도 가지가지구나 싶었다.

'룽우스'라고 하는 마을은 우리 조상들이 부싯돌로 불을 만들어 사용했듯이 그곳에서는 신기하게 대나무의 마찰로 불을 살리고 있었다. 우리가 예전에 그렇게 불을 살려냈듯이 그들도 그랬었다는 것을 보여주는 것 같았다. 그 지방은 사철 더운 데다가 하루에 한 차례씩 비가 와서 대지를 깨끗하게 씻어주기도 하지만, 바다 가운데 섬인데도 워낙 넓어서일까, 비릿한 냄새도 없고 공기가 다디달았다.

대신 비가 자주 내리기 때문에 땅바닥에 집을 지을 수가 없다고 한다. 통나무로 기둥을 세운 다음 아래는 비워놓고, 대나무로 얼기설기 엮어서 집을 지었다. 특이했던 건 커다란 통나무 하나를 계단식으로 쪼아서 밟고 올라설 수 있도록 만들었는데 나는 호기심에 그 계단을 밟고 올라가 봤다.

그곳에는 전통혼례 예식장이 있었다. 나는 쉰 살이 다된 아들과 며느리에게 추억을 만들어주고 싶어서 전통 옷을 입히고 머리에 화관을 씌워서 결혼식 흉내를 내도록 하고 사진으로 남겼다.

'바자우'라는 곳도 '두순'에서 술맛을 보여주었듯이 쌀로 만든 튀김과 과자를 먹어보라고 주었다. 이 마을 저 마을 한 바퀴 돌아보니 소수민족이 사는 환경도 다양했지만, 주는 대로 받아먹고 나오니 몸은 지치고 배가 고팠는데 허기는 면했다. 오랜만의 국외 나들이라 들떴을까. 며느리 말대로 의사를 대동한 단체여행에 휩쓸려서 그런지 폐렴 증상이 있었는데도 4박 6일을 별 탈 없이 지냈다.

며느리가 직장에 다닌다고 할 때는 못마땅했었다. 돈 많은 집으로 시집을 갔다면 애들 셋을 키우기도 힘들어서 가사도우미를 두고 아이들에게 정성을 쏟아야 할 처지인데, 밖으로 나다니게 한다는 게 내 탓인 것 같아 말렸다. 요즘 젊은이들은 대학을 나와도 취직을 못 해서 방콕이니 캥거루족이니 하는 말까지 떠돈다. 대부분 부모 도움이 없이는 고달프게 살고 있는데, 노후까지 걱정돼서 노력하는 며느리를 이제는 이해할 수 있을 것 같았다. 심지어 손주들도 "할머니, 공부는 저희가 하지 엄마가 하는 것이 아니니까 우리 걱정은 마시고 할머니도 엄마를 도와주세요." 하는 게 아닌가.

이 여행은 며느리가 회사에서 열심히 근무하여 얻은 휴가라 의미가 깊었다. 앞으로는 며느리가 대견하여 믿고 도와주려고 하는데, 이 말은 꼭 해주고 싶다. '남편과 자식 그리고 노후를 위해서 애쓰고 있는 내 며느리야 고맙다.'라고. 그리고 시인 구상의 〈꽃자리〉에 나오는 내용처럼 '니가 시방 가시방석처럼 여기는 너의 앉은 그 자리가 바로 꽃자리니라.'라고 생각하면서 살면 더 바랄 게 없겠다.

결혼 나이

올해가 결혼 나이로 쉰 살이니 금혼金婚이다. 결혼 여정으로 보면 60주년인 회혼回婚에 버금가는 큰 기념일이다. 서양 풍습이라지만 우리나라에서도 그날이 되면 형편과 사정에 따라 다르기는 해도 무심히 넘기지 않는 사람이 많다. 기념으로 잔치 혹은 가족모임을 하거나 여행을 떠나기도 한다. 금혼의 의미는 부부 해로는 물론이고 자식을 한 명이라도 앞세우지 않아야 자격이 있다고 한다. 당연한 일인 것 같지만 그 조건을 갖추기가 쉬운 일이 아니니 주변에서 부러워하고 축하를 보내는 것이다.

흔히 인생은 짧고 살아온 세월은 쏜살같다고 한다. 부부의 인연으로 살아온 50년을 돌아보면 그야말로 꿈결처럼 지나갔다. 환경과 성격이 다른 사람들이 만나 이해하고 배려하며, 무수한 갈등 속에서 타협하다 보면 어느덧 서로 닮은 모습으로 노년을 맞게 된다고

한다. 우리 역시 그 길을 거슬리지 않았기에 오늘이 있다고 본다.

부부란 정녕 운명적 만남인가. 삼신할머니가 우리를 점지할 때 이미 부부의 연緣도 함께 점수點授하는 걸까. 결혼 적령기에 맞선을 보았는데 나는 소스라치게 놀랐다. 언젠가 꿈에서 선명하게 보았던 한 남자의 얼굴이 내 앞에 나타났기 때문이다.

양가에서 결혼을 서두르는 바람에 맞선본 지 삼 개월 만에 둥지를 틀었다. 하지만 삶이란 신혼 초에 꿈꾸던 것처럼 쌍무지개 뜨는 언덕만은 아니었다. 산 넘어 산이라고 험난한 시기도 있었지만 용케 견뎌냈다. 칠천 겁劫의 인연으로 만나는 게 부부라고 하는데, 그 인연의 소중함을 새기면서 인내했기에 가능했다고 본다.

결혼 일 주년 지혼식紙婚式을 시작으로 해마다 기념사진을 찍었다. 제법 두툼해진 사진첩 속에 늘어난 식구들을 바라보노라면 그간의 시름은 눈 녹듯 사라진다.

서울 살림이 처음 시작된 때는 이십 대였다. 은쟁반에 옥구슬 구르는 듯한 서울 말씨에 주눅이 들어 말문을 여는 것조차 부담스러웠던 경상도 촌색시였다. 애들이 있다고 셋방 안 준다는 주인의 매몰찬 소리에 눈물 흘리기도 했다. 나를 안내했던 복덕방그 당시 쓰던 용어 할아버지가 '남의 집 손孫을 끓으려고 하나' 하며 나를 다독일 때 얼마나 고맙고 서러웠던지 모른다. 이미 이 세상 사람이 아닐 테지만 지금도 그 할아버지 모습이 선하다.

내가 30대가 되자 아들 셋도 제법 자라서 잔손 가는 일이 줄어들었다. 그때부터 카메라를 메고 산천을 누비며 불혹을 보냈다. 사진만으로는 왠지 미진하여 50대에는 글쓰기를 시작했지만, 지금까지

내공을 다지는 수련기나 다름없다. 글감은 머릿속에 가득한데 막상 컴퓨터 앞에 앉으면 적합한 단어 하나 집어내기도 어려우니, 세월 탓으로만 돌려야 할지 아득할 따름이다.

결혼 40주년은 루비 혼식이라고도 하지만 벽옥혼식璧玉婚式이라고도 한다. 전 가족이 한복을 곱게 차려입고 사진을 찍었다. 그날의 감동을 수필 한 편으로 남겼지만 앞으로 10년 후인 50주년에도 글 한 편을 쓸 수 있을까 생각하니 슬며시 우울함이 고개를 들었다.

어린 시절 부모님께서는 내 명줄이 짧다고 걱정하시는 소리를 자주 하셨는데 그게 은연중 각인되었던가 보다. 지금 내가 이만큼 오래 사는 것은 부모님의 걱정이 자식을 위한 간절한 기도로 이어진 것이 아닌가 한다.

결혼기념일마다 식구들과 보낸 기쁨도 많았지만 딱 한 번 친구들과 보낸 적이 있었다. 은혼식銀婚式이라는 25주년에는 친구들과 동남아 6개국을 돌아왔다. 나만의 시간을 보낸다는 것이 한가롭고 설레면서도 가족에 대한 궁금증과 걱정이 늘 따라다닌 여행이었다. 하지만 친구들과 수많은 추억을 만들었으니 나는 진정한 부자였다.

가족 모임에서였다. 큰아들이 "금혼식 때 잔치를 하시겠습니까. 여행을 가시겠습니까?" 하며 남편과 나에게 물었다. 그동안 여행은 많이 다녀서 잔치를 하려나 했을지 모르나 나에게도 속셈이 있었다. 15명인 우리 가족 모두가 여행을 떠나고 싶다고 넌지시 말했다.

고등학생인 큰손녀에서부터 일곱 살인 막냇손자까지 할아버지 할머니와 보내는 날을 한 번이라도 더 만들어주고 싶어서였다. 훗날 우리가 다른 세상으로 떠난 뒤에도 그들이 우리를 그리워하며 형제

지간의 정을 더욱 따뜻하게 나누며, 향기롭게 살기를 바라는 간절한 마음에서였다.

그해 말, 우리는 드디어 여행길에 올랐다. 목적지가 분분했지만 손자들의 재미를 우선으로 하되 어른들도 만족할 수 있는 곳으로, 중국의 해남도를 택했다. 아이들과 따뜻한 해변에서 해수욕으로 즐길까 했는데, 기온 차이로 일정을 바꾸어 야외온천을 택했다. 지상 낙원을 방불케 하는 온천장에서의 하루해는 짧았고, 우리는 애들을 바라보는 것만으로도 최고로 행복했다.

행복은 불행이란 집주인이 잠시 자리를 비운 사이 들어오는 손님이라는 말이 있지만, 이 세상 영원한 주인이 어디 있으랴. 진정한 주인은 각자의 마음이 아닐까 한다. 가족이 건강하고, 우애 좋고 사회에서 묵묵히 제 몫을 다하며 살아가는 아들들을 보며, 토막토막 남아있는 언짢았던 일은 모두 묻어버리고 아름답게 지낸 날만 간직하리라 다짐한다.

나무도 뿌리 내린 지 오십 년이면 거목으로 자라는데 과연 우리 부부는 삼 형제의 버팀목으로 든든했을까. 또한 더위를 피해 찾아오는 이들을 위해 시원한 그늘을 얼마나 만들어주었을까. 결혼 나이 오십이 되고 보니, 미래를 향한 자신감과 작아지는 목소리를 숨길 수가 없다.

추억 목록

4월이다. 거실 천장에 걸어놓은 액세서리가 봄바람에 흔들린다. 골동품상에서나 볼 수 있을 법한 남포등 모양의 그것은 식탁에 앉아 책을 읽다가 창밖이라도 볼라치면 눈길이 스치는 곳에 매달려 있다.

애장품이라면 사연이 있듯이 이 물건도 내 '추억 목록' 한 페이지를 차지하고 있다. 우리나라의 산과 들로는 성이 차지 않아 사진클럽 회원들과 동남아까지 찾아다녔던 삼사십 대로 나를 돌아가게 하는 사연을 가지고 있으니 말이다.

나의 삼십 대는 배우고 싶은 게 많으면서 불완전했던 시점時點이었다. 아이들은 어렸고 집안일이 많아 시간 내기가 어려웠는데도 왜 그토록 사진에 애착을 갖고 밖으로 도는 게 신났는지 모른다. 돌이켜보면 내 생에 가장 찬란하고 알찼던 시절이었다.

한번은 지도교사의 주선으로 일본의 사진클럽과 만나 창경궁과

남한산성에서 사진을 찍었다. 외국인과의 첫 만남이다. 아직도 그날의 일들이 생생하다. 더구나 조선시대에 궁궐이었던 창경궁은 일제에 의해 식물과 동물을 키우게 하여 '창경원'으로 격하시켜 민족의 얼을 짓밟은 곳이 아닌가. 감정은 씁쓸했으나 우리는 주인으로서의 자긍심을 가지고 점심을 대접했다. 그에 대한 답례로 일본 회원들이 선물을 주었다.

선물이 궁금했다. 다른 회원들도 그랬는지 선물 보따리를 풀어놓자마자 서둘러 하나씩 가져가고 남은 게 내 차지가 되었다. 남포등 같이 생겼는데 등피 역할도 하도록 만들어졌다. 다 골라가고 남은 거라서 시답잖을 거라고 짐작하다가 그걸 준비해 온 사람을 떠올리며 얼른 웃는 낯으로 집어 들었다.

그런 인연으로 내 집 거실에 걸려 30여 년이 지난 오늘까지 사랑 받을 줄 누가 상상이나 했겠나. 비록 걸어두고 바라만 볼 뿐이지만 보면 볼수록 준 사람의 깊은 뜻을 읽을 수 있었다. 어둠을 물러나 게 하는 등불처럼 누군가의 앞날을 환하게 밝혀주기를 염원하고 준비하지 않았을까 싶어서이다.

이 남포등 못지않게 '추억 목록'에는 또 한 개가 자리 잡고 있다. 수십 년 남편의 지갑 속에 있는 사진 한 장이다. 일본 회원들과 헤어지고 얼마 후 정기모임이 있는 날이었다. 지도교사는 일본 회원들이 보낸 편지라며 한 통씩 나눠주었다. 궁금해서 얼른 봉투를 뜯었다. 나무에 비스듬히 기대 서 있는 내 독사진이었다. 명함판만한 크기의 사진이 비닐로 코팅되어 있었다. 뒷면에 보낸 이의 주소와 이름이 한문으로 적혀 있었고, 별도의 종이에는 이 사진을 남편의 지갑에 넣어두면 좋을 거라고 썼다. 사진을 보내준 분의 뜻은 그쪽도 내 또래였으니까 오래오래 남편의 사랑을 받으며 행복하게 살기를 바라는 의미가 아니었을까 한다.

창경궁에서 그들과 만난 기념으로 독사진을 찍어주겠다며 포즈를 취해보라고 했을 때, 이방인이라 그들에게 내 모습을 남기고 싶지 않아서 싫다고 손을 내저었는데도 어느 틈에 찍었던가 보다. 다른 회원들에게는 액자에 넣어 책상 위에 놓을 수 있는 사진을 보내왔는데, 나만 지갑에 넣을 수 있도록 작은 사진을 보내주었던 게 지금도 궁금하다.

그런데 그 사진이 지갑 속에서 과거를 붙잡아둘 줄은 더더욱 몰랐다. 물어보지는 않았지만 늙어가는 현재의 나와 젊었을 때 미소

짓는 사진 속 나를 바라보면서 남편은 어떤 회상에 잠겼을까.

상대에게 의미 있게 무엇인가를 남긴다는 건 쉬운 일이 아니다. 남에게 말 한마디 행동 하나에도 도움이 되고 본보기가 될 수 있는 사람. 나는 과연 어떤 사람이었나. 선물을 주고받는 사이가 아니더라도 나를 기억하게 했던 그 무엇이 있을까 하고 되돌아보게 하는 계기가 되었다. 팔십을 바라보고 있으니 '추억 목록'에는 희로애락 이야기들이 빼곡히 적혀있다. 남포등을 닮은 액세서리와 내 사진도 그중 하나로 들춰보는 즐거움이 있어 흐뭇하다.

우리는 선물이나 마음을 주고받으며 살아간다. 그것이 인간관계를 이어나가는 데 없어서는 안 되는 정情이며 연결 고리이기도 하다. 주면 기분이 좋고 받음으로 행복한 선물. 액세서리를 선물한 사람과 사진을 찍어준 사람은 다른데, 한 사람은 앞날을 밝혀줄 것을 염두에 두었던 것 같고, 한 분은 남편의 사랑을 받으며 젊음을 간직하라는 뜻일 거라고 받아들였다.

그래서인지 나는 그로부터 삼십여 년을 별 탈 없이 남편과 살았다. '추억 목록'에 빨간 불도 있었지만 파란불이 더 많이 켜져 있으니 감사할 일이다. 그 파란불은 나 혼자 밝힌 게 아니라는 것도 잘 알고 있다.

나에게 등불이 되어주신 분들이 어디 한둘일까만, 그런 이들이 함께했기에 내가 걸어온 길도 어둡지 않았고, 걸어갈 길도 환할 거라 믿는다. 내게 밝음을 주신 분들께 이 글로나마 고마움을 전하고자 한다.

내 솥단지

극장가를 휩쓸고 있는 영화 〈워낭소리〉가 보고 싶어 남편을 부추
겼다. 지인들과 볼 기회도 있었지만 영화 속의 주인공처럼 둘만의 시
간을 갖고 싶었다. 더구나 우리 세대의 이야기라 공감하는 바도 있
을 것 같았고, 한 아파트에서 3대가 모여 사는 우리 가정의 화목함
을 영화를 통해 재조명하고 싶었다. 남들처럼 팝콘까지 사가지고 들
어가서 오랜만에 감상에 빠져들었다.

팔순의 농부와 마흔 살 소, 믿기 어려운 농촌 생활이 잔잔하게
가슴을 울렸다. 실화를 바탕으로 3여 년 촬영 끝에 완성된 명화라
고 극찬이 자자했는데 그럴 만했다. 백만이 넘는 관객이 영화관의

의자에 푹 빠졌다는 소문도 왜 그랬는지 알 것 같았다. 한국독립영화사를 다시 써야 한다는 이야기가 나올 정도이니 영화의 파장이 어느 정도인지 짐작이 갔다.

개개인이 느끼는 감정이야 다르겠지만 대부분의 사람은 지나간 시대를 그리워한다. 우리 마음속의 고향, 농경사회의 가족제도로 돌아가고 싶은 소망이 많은 이의 가슴에는 더욱 와 닿았지 싶다. 농사꾼으로 고생하며 9남매를 키웠으나 어느 자식 하나 팔순의 부모 곁에 있는 이 없다. 그런데도 자식을 위해 가을걷이한 것을 보내주는 장면에는 눈시울이 뜨거웠다.

내가 사는 아파트에도 70대 후반, 80대 부부만 사는 집이 있다. 내일을 기약할 수 없는 연세가 측은하기만 한데, 그들의 변辯은 다르다. 자식이 있으나 홀로 사는 82세의 할아버지에게 혼자 있으니까 외롭고 않으냐고 여쭈었더니, '혼자 있으니까 정말 편하다.'라며 과장스러울 정도로 크게 말했고, 70대 후반의 할머니는 '같이 살고 싶다고 해도 자식들이 싫다고 하니…' 쓸쓸하게 고백했다. 가장 가깝다는 부모와 자식 사이인데 참 묘한 기분이 들었다.

나는 분가해서도 살았고 시어머니도 모셔봤다. 지금은 시어머니의 자리에서 대가족 안에 노후를 보내고 있지만, 공연히 눈치 볼 때도 있고, 지나치게 배려하여 불편한 점도 있다. 하지만 아침이면 아들이 출근하면서 인사하고 손녀들이 '할아버지 할머니 학교 다녀오겠습니다.' 하는 정감어린 인사를 받을 때면 행복 바이러스에 감염된다. 행복이란 바로 이 순간 나의 긍정적인 사고에서부터 비롯된다고 보기 때문이다.

영화를 보면서 내가 주인공이 되어보았다. 과연 그들은 자식이 곁에 없어도 허수하지 않을까. 무엇이 살아가는 데 힘이 되어주었을까. 물론 할아버지에겐 소가 충실한 파트너였을 테지만 할머니에겐 가난과 역경을 지지고 볶아낸 솥단지가 아니었을까 한다.

우리나라에서 솥은 살림의 근본이 되는 도구다. 예전 우리 할머니 어머니도 솥의 중요함을 강조했다. 오죽하면 이사할 때 솥단지에 요강을 담아서 이삿짐보다 먼저 안방으로 들어가게 했을까. 나도 이사할 때마다 어른들이 하라는 대로 했다. 부엌을 주재하는 조왕신을 받들어 집안에 재앙이 없게 해 달라는 축원을 했고 요강은 잡귀를 없앤다고 믿었기 때문이다.

칠순을 넘긴 친구가 재혼을 했다. 남편과 사별하고 처음에는 아

들과 합쳤는데 왠지 편치 않았고 딸 집에 가도 마찬가지였다고 한다. 그러다 새로운 사람을 만나 자신의 솥단지를 걸고 살자 안정이 되더라고 한다. 효자 자식이 악처보다 못하다는 말은 이런 경우에 해당하리라.

나도 아들 집에 가면 내 집만큼 편하지가 않다. 둘째 아들과는 2년을, 막내아들과는 8년을 살았다. 막내는 살림을 나면서 내가 쓰던 살림살이를 거의 가지고 갔기에 그 집에 가도 내 집 같을 줄 알았는데 아니었다.

같이 사는 큰며느리를 며칠만이라도 편하게 해 주려고 작은아들 집으로 가면 이틀 묵기가 어렵다. 아들은 형 집이나 내 집이나 부모님 댁과 같은데 왜 가시느냐고 잡으며 '솥단지에 엿 담아놓고 왔느냐'고 핀잔을 준다.

영화 속에서 아내는 남편이 힘든 노동에서 벗어나지 못하는 걸 소 탓으로 여긴다. 소를 위해 농약도 치지 않고 여물을 끓여 먹이고, 기계를 이용하지 않아 일이 많을 수밖에 없으니까 하는 말이다. 안타깝게 여긴 아내는 남편에게 소를 팔자고 한다. 한마디로 '안 팔아'로 거절하지만 아내는 묵묵히 따라준다. 한솥밥 먹는 사람이라 더는 설명이 필요하지 않았으리라. 서로 아껴주는 부부의 곰삭은 정이 아리땁게 보였다.

영화가 끝나고 나오면서 남편을 쳐다보니 이분이 바로 내 솥단지였고 내 인생을 뿌리고 가꿀 수 있도록 일해 준 소였다는 것을 확인할 수 있었다. 그리고 그 어느 때보다 남편이 고마웠다.

기억 잘해 두기

지난 토요일이다. 큰아들이 바람이나 쐬러 가자고 하기에 남편과 나는 망설이지 않고 따라나섰다. 요즘 남편 건강이 예전 같지 않아 집에만 있으니까 아들이 보기에도 답답했던 모양이다. 출발하면서 '어디로 갈까요' 하기에 나는 집을 나온 자체만으로도 숨이 트이는 것 같아서 어디든 괜찮다고 했다.

차가 홍천을 통과하고 있기에 어디 가느냐고 물었더니, 나선 김에 속초에 가서 회나 먹고 오자고 한다. 얼마를 달렸을까. 강원도 인제도 예전처럼 시내로 들어가지 않고 외곽도로가 생겨 빠르게 통과하고 있는데, 도로 옆에 '병영 추억이 있는 고장'이라고 쓴 팻말이 휙 지나가는 게 아닌가. 맞다. '인제 가면 언제 오나 원통해서 못 살겠다'로 이름난 곳이다. 나도 잊을 수 없는 이야기가 서려 있는 지역이다.

지금은 왕복 4차선 도로라 편리하지만 1984년도만 해도 설악산 미시령 쪽은 첩첩산골이었다. 원통에서 버스를 갈아타고 한참을 가다 보면 길이 일방통행이라 차를 한쪽에 세워놓아야 다른 차가 지나갔다. 보초를 선 군인이 무전기로 저쪽에서 오는 차를 다 보냈다는 신호를 하면 이쪽에서 출발하던 때여서 시간도 오래 걸리고 불편함이 이루 말할 수 없었다.

계절과 날씨에 상관없이 제대할 때까지 매달 인제와 원통을 지나 아들을 만나러 '남교리'에 갔던 적이 있다. 자대배치를 받고서 원

통이라는 말에 미리 겁을 먹고 가슴이 콩닥콩닥했다. 처음으로 면회를 가던 날이었다. 서울에서 시외버스를 타고 원통에서 내려 물어물어 찾아갔다. 가서 보니 우리 가족이 설악산을 갈 때 그 부대 앞을 지나 미시령으로 다녔던 길이었다. 낯익은 지명이라 안심이 되었고 최전선이 아닌 설악산 미시령으로 가는 길가에 위치한 부대라 걱정이 덜 되었다.

면회 신청을 해 놓고 한참을 기다리고 있으니, '충성'하면서 한 군인이 내 앞에 나타나 경례를 하는 게 아닌가. 하얗던 얼굴이 새까맣게 타서 건강해 보이기는 해도 어미인 내가 보기에는 안쓰러웠다.

이 아들에게 더 신경이 쓰였던 것은 고등학교 때 등산 가서 자일을 타다가 허리를 다치고 무릎 인대가 늘어나서 군인으로서 뒤떨어질까봐 노심초사했기 때문이다. 그 걱정 속에 그리움이 더했고 매월 첫 토요일은 면회 가는 날로 정해 놓았었다. 그날이 되면 외출증을 끊어 외박을 나온 아들과 하룻밤을 원통에서 보내고, 다음날 부대로 들여보내고 돌아오는데 그 발길이 그렇게 무거울 수가 없었다.

군에 입대하던 날은 '절대 면회 오지마세요.' 신신당부하고 갔지만, 막상 군인이 돼 보니 집도 그립고 어미 심정이 이해되었던가 보다. 한번은 싱긋이 웃으면서 동료들이 말하기를 어떻게 '우리 편지 오는 횟수보다 너의 엄마 면회가 더 잦느냐'고 하더라며 은연중 면회 오기를 기다리는 눈치였다.

그랬던 아들이 지금은 제 아들 면회를 다니고 있으니, 28년 전 내가 애태웠던 심정을 조금은 알까. 이것저것 떠올려보니 흘러간 시간이 이렇게 부질없을 수가 없다.

군대에 보낸 부모라면 아들 얼굴 보며 밥 한 끼라도 먹고 싶을 것이다. 내가 못 가면 내 여동생이나 친구에게 차비를 주어 다녀오게 했으니 내가 생각해도 참으로 극성스러웠다. 계급이 올라가고부터는 점심만 같이 하고 부대 앞까지 가서 헤어져도 덜 서운했다. 그만큼 군 생활에 익숙해져 있다는 게 표가 났다.

이곳은 수많은 장병이 근무하다 떠나면서 후배 군인들을 위로하며 시원섭섭함의 눈물을 흘렸을 것이다. 원통이라는 지명 때문에 '인제 가면 언제 오나 원통해서 못 살겠다'라고도 하지만, 내 아들의 젊음 한 자락을 충실하게 놓고 온 곳이라 소중하기만 하다. 나도 40대의 모정을 원 없이 쏟은 고장이 아닌가.

멀리서 부대 쪽을 바라보니 못 견디게 보고 싶어서 달려가고 다시 아쉬움을 두고 돌아서던 일들이 생생하게 떠오른다. 부모 자식 관계란 무엇인가. 같이 살아도 떨어져 있어도 이 세상에 그보다 끈끈한 관계는 없지 않은가. 내 자식들의 어미로 살아왔다는 것이 이렇게 흐뭇할 수가 없다.

미국 시인인 '브라이언트'는 인생을 향유하는 열 가지 방법을 제시했다. 그중 '기억 잘 해두기'가 있는데, 긍정적인 경험을 나중에 회상할 수 있도록 다양한 노력을 기울이며 행복한 가족사진, 즐거운 여행의 사진이나 기념품, 과거의 성취물이나 상장 같은 걸 종종 꺼내보며 그 순간의 기쁨을 재차 느껴보라는 것이다. 나도 앞으로는 기억의 창고에서 가족들과 즐거웠던 날만 꺼내 곱씹으면서 보내려고 한다.

그런데도 나이 탓인가. 모처럼 바람 쐬러 나왔다가 28년 전에 아들과 있었던 추억 한 토막을 안고 돌아오는 가슴이 왜 이렇게 알싸한지 모르겠다.

오십 대였을 적에

　숲속의 공기가 청량하다. 한겨울인데도 가을의 끝자락이 휴양림 곳곳에 남아 있었다. 하늘을 찌르듯 쑥쑥 솟아 있는 갈참나무의 빈 가지 위로 따사한 햇살이 내려와 있고, 앙증맞은 튤립의 마른 이파리에서 상쾌한 바람 한 줄기 불어온다.

　오랜만에 떠나는 문우들과의 여행이다. 서울에서 한 시간 남짓한 거리에 있는 이곳은 피로를 풀고 재충전하기 적합하다. 축령산과 서리산으로 이어지는 다양한 등산로에는 울창한 잣나무 숲과 편백, 통나무집, 황토귀틀집, 평상 등 편의시설과 안내책자, 음료수대, 쓰레기 분리수거함이 이용객들이 불편하지 않게 마련되어 있다.

곳곳 평상 위에는 텐트를 쳐 놓고 아이들과 지내는 젊은 부부가 있는가 하면, 커다란 배낭을 메고 나온 연인들, 부부동반 모임으로 나온듯한 사람들로 시끌벅적하다. 일상에서 해방된 홀가분함을 만끽하고 있었다. 나에게도 저와 비슷한 경험이 없었던 것도 아닌데 부러웠다.

우리는 통나무집에 짐을 풀었다. 회원들이 각자 가지고 온 한 가지씩 반찬과 회장이 특별히 준비해온 훈제 오리고기까지 내놓으니 식탁이 풍성하게 차려졌다. 강산이 두 번이나 바뀌도록 함께하고 있으니 문우라기보다는 한솥밥을 먹는 자매 같다. 반찬만 보아도 누가 해온 솜씨인지 단박에 안다. 된장이 엄마 손맛 같은 L은 된장찌개 준비를 완벽하게 해왔고, 멸치볶음을 맛있게 해오는 H, 생식 수준의 식단을 짜는 K는 이번에도 여러 종류의 채소를 푸짐하게 준비해 왔다. 그리고 막내 Y는 향과 빛깔이 고운 와인을 두 병 끼고 앉아 연신 웃음을 터트리고 있다. 그녀는 평소에 이런저런 심부름에 궂은일도 도맡아 했는데 어찌 오늘은 술병만 품고 있다. 와인을 마시기도 전 분위기에 취한 듯 어리광까지 부린다.

저녁을 먹고 가정이라는 울타리를 벗어난 해방감으로 분위기가 한층 고조되어 가고 있다. 인기리에 방영되고 있는 TV 주말연속극을 보는 이, 와인의 맛을 음미하며 주유천하를 논하는 이도 있고, 그간 격조했던 이들은 밀린 이야기를 나누며 차를 마시곤 했다. 나는 대가족제도의 애환을 다룬 드라마를 보고 있었다. 주변에서 들리는 웃음소리 때문에 TV 음량을 높이고 귀를 기울였다.

"이거 너무하지 않습니까? 여기까지 와서 드라마나 보고, 누워서 이야기나 하려고 집 나온 거예요? 노래방에 가요. 도대체 여행 온 것 맞아요?"

막내가 벼락같이 소리를 지르며 사람들을 부추겼다. 나는 그러거나 말거나 드라마에만 정신을 쏟고 있었고 다른 회원들도 별 반응을 보이지 않자 더욱 보챘다.

"내가 이제 오십 대예요. 도저히 앉아서 그냥 못 받아들이겠어요. 축하를 해 주든지 위로를 해 주든지, 이대로 있을 순 없어요. 빨리 가요. 노래방 가서 소리라도 한번 질러야겠어요. 내가 벌써 쉰 살이 되다니. 세월이 이렇게 빨리 가다니…."

그는 어린애처럼 떼를 쓰며 우리를 선동했지만 모두 꿈쩍 않고 있었다. 그도 그럴 것이 노래방은 이십 분이 넘는 거리에 있었고, 한겨울밤에 그곳까지 걸어서 간다는 것을 모두 달가워하지 않는 표정이다. 그래도 막내는 끈질기게 투정했고 드디어 몇 사람이 그와 밤길을 나섰다.

오십 대, 하늘의 뜻을 깨달아 알게 된다는 나이. 지천명이라 하지 않는가. 또 감성이 풍부한 어떤 시인은 '길섶에 피어 있는 들꽃 하나에도 뼛속까지 투명해지는 나이'라고 했다. 개인 차이는 있겠지만 대개 오십 대는 경제적인 면도 어느 정도 안정되고 노후를 구체적으로 계획하는 시기이다. 반면 생에 대한 허무함이 살금살금 찾아오는 기점이다.

나 또한 쉰 살에 들어서면서 얼마나 우울하고 허허로웠는지 모른다. 오죽하면 음력, 양력에 만滿 나이까지 들먹이며 삼 년 동안 마흔아홉 살이라고 했겠는가. 막상 오십 대가 되고 보니 현실은 쉰두 살이 되어 있었다. 떼를 쓰는 막내를 보니 나의 대책 없었던 오십 대가 떠올라 빙그레 웃음이 나왔다.

노후를 준비한다고 전자대리점 사업에 뛰어들었다. 경험 없이 용기와 막연한 확신만으로 시작한 결정이었기에 쓴맛은 예상외로 빨리 찾아왔다. 힘들여 쌓아 왔던 우리 집 경제가 순식간에 무너지나 싶어 밤잠을 설쳐가며 일을 수습했다. 참으로 힘든 나날의 연속이었다.

고통의 터널을 빠져나오자 햇살은 유난히 눈부셨다. 하지만 나는 눈을 뜰 수가 없었다. 명치끝은 늘 딱딱했고 직립보행을 할 수 없을 정도로 몸은 쇠약했다. 남편은 직장에서 자신의 자리를 확고히 지키기 위해 더욱 열심히 일했고, 자식들은 어느새 훌쩍 자라 그 애들의 세계에 내가 비집고 들어갈 틈을 주지 않았다. 실패를 경험한 자괴감과 갱년기의 우울증이 찾아와 방황까지 하게 되었다. 그 방황을 멈추게 한 곳이 바로 이 문학 모임이다.

나는 기쁨과 슬픔, 상처를 글로 보듬고 쓰다듬으면서 예까지 왔다. 격월로 만나 영화, 연극도 보고, 문학기행도 다녀오고 오늘처럼 집을 벗어나 우리만의 세상을 노래하기도 했다. 매년 동인지를 내고 출판기념회와 합평회도 하며 애정 어린 질책과 격려도 했다. 올해는 이러저러한 이유로 책을 내지 못했기에 모두 섭섭했는지 이야깃거리도 많아졌다. 하지만 한 해 걸렀다고 달라질 건 없다. 뜻을 같이한 회원들이 이렇게 하룻밤을 밝히면서 정담을 나누는 것도 글쓰기의 훌륭한 소재가 되고 재미있는 소설의 줄거리가 될 수 있다. 내년에 알찬 동인지를 만들면 된다.

　오늘 막내가 오십 대를 받아들이기 힘들어하는데 육십, 칠십이 되면 나처럼 이날로 돌아가고 싶어 할 것이다. 나는 오십 대에 사업 실패로 방황했어도 젊은 열정이 가득했던 내 인생 전성기였기에 그래도 그때가 좋았기 때문이다. 다행히 그 돌출구로 문학을 택했고 자매 같은 문우들도 만났으니 잃은 게 있으면 얻는 게 있다는 말이 맞지 않는가.

　내일은 일찍 일어나서 산책도 하고 아직도 소녀티를 벗지 못한 이들을 위해 카메라 셔터를 부지런히 눌러줘야겠다. 연신 터질 웃음을 상상하니 벌써 내 입꼬리가 귀에 걸린다. 노래방에 간 문우들은 돌아오지 않는데, 창문을 흔들고 지나가는 바람소리만 요란하다.

4

사다리
사랑

혈연은 아름다운 것

꽉 들어차야 여덟 명 정도 앉을까 말까 한 좁은 공간의 라면 가게다. 우리나라의 실내포장마차 같은 분위기를 풍긴다. 대학 일 학년인 손녀가 일본 우동을 먹어 봤으면 해서 저녁을 먹고 산책 겸 나섰는데, 우동 가게가 없어서 꿩 대신 닭이라고 일본 라면이라도 먹어보자고 들어간 집이다. 일본이라고 별다를 바 없을 것 같은데, 뭐든 도전하고 싶고 먹고 싶은 것 많은 자유분방한 때가 손녀의 의견에 따라주었다.

마침 생맥주도 팔고 있어서 5백cc 세 개와 사이다 두 잔을 주문해 놓고 남편과 나, 조손祖孫 다섯 명은 테이블에 빙 둘러앉았다. 마침 가게 안에는 손님이 우리뿐이라 조용한 분위기가 더없이 편안했다. 조손 간이란 한 치 건너 두 치인데도 허물없이 생맥주와 음료수를 같이 할 수 있다는 것은 삼 대가 한집에서 지냈기에 자연스럽게 혈육의 정을 알게 되었던 게 아닐까 한다. 이번에 사촌끼리 끊임없이 대화를 나누는 모습을 바라보면서 나는 저 애들이 어떻게 내 혈육

이 되었는지, 신기하면서 든든했다.

아이들은 내가 어떤 바람을 갖고 있는지 모르겠지만 나는 손주들이 성년이 되면 같이 포장마차에 가서 소주를 곁들인 꼼장어도 먹어보고 싶고, 길가 포장마차에서 떡볶이도 먹으면서 그들의 입가에 고추장이 묻은 것도 닦아주는 할머니가 되고 싶다. 손녀와 나란히 영화관에도 가고 영화 내용에 대한 의견도 나누어보고 싶고, 무리가 안 된다면 여행길에도 동행하고 싶다. 딸이 없어서 이런 계획도 세웠겠지만, 그러한 걸 그려보면 딸 없는 아쉬움이 사라지곤 한다.

성년이 된 손주들과 맥주를 마시며 흐뭇해하는 남편을 보고 있으니, 막내아들이 대학에 합격했을 때가 떠오른다. 입학을 앞둔 어느 날 저녁, 남편이 맥주를 마시고 있었다. 막내아들이 느닷없이 잔을 가지고 오더니 "아버지 이제 저도 맥주 정도는 마셔도 되죠. 제가 첫 술잔을 아버지와 하고 싶었어요." 하는 게 아닌가. 그때 막내가 말로 표현할 수 없이 대견했었는데, 지금 이 손자도 첫 술잔이 할아버지였으면 하는 바람은 내 욕심이리라.

이번 외국 나들이는 그냥 넘길 수 없는 깊은 의미가 있다. 장손이 대학에 합격한 것도 대단한 경사지만, 남편이 건강하게 여든까지 왔다는 건 나와 자식들로부터 축하받을 만하지 않은가. 또 일 년 전, 대학에 들어갔는데도 각자의 여건이 허락지 않아 미루었던 맏손녀의 입학 축하와 올해 고2가 되는 작은 손녀에게는 더욱 분발하라는 뜻이 담겨있다.

내가 세 아들을 키울 때는 부모라는 책임감도 모른 채 아등바등 앞만 보고 달려오느라 여유가 없었다. 그때 못했던 외국여행을 실천했다는 게 꿈만 같다. 나에게도 두고두고 들춰볼 추억으로 남게 되겠지만, 손주들은 이번 여행으로 혈육애의 소중함을 느꼈으며 색다른 걸 경험했을 줄 안다. 나아가 할아버지 할머니, 사촌끼리도 친화력이 생겼을 거로 믿고 싶다. 허브도 흔들어 주어야만 향기가 나듯이 이런 자리를 가져 보아야 더욱 도타운 정이 생기지 않겠는가.

더구나 일본이란 나라는 우리나라와 문화적인 배경과 환경이 다르다. 직접 보고 경험하면서 무엇을 배워야 할지, 피해야 할지를 판단하여 내 손주들이 지혜롭게 성숙해 나가길 바랄 뿐이다.

귀여운 내 새끼

중학교 1학년 손녀의 체육대회가 있었다. 며느리가 직장을 빠질 수가 없어서 내가 참석하게 되었는데, 손녀에게는 왠지 젊지 않다는 게 쑥스러웠다. 멀리서 나를 본 손녀가 '할머니' 하며 반갑게 뛰어왔다. 웃음 가득 머금은 아이를 살짝 안아보니 가슴이 가볍게 팔딱거렸다. 어떤 사랑이 이를 앞지를 수가 있을까. 한참 손녀를 바라보았다.

예전의 운동회와 비교하니 너무나 조용한 분위기가 낯설었지만 곧 이해가 되었다. 얼마 전에는 초등학교 5학년 손자의 체육대회에 참석한 적이 있었는데, 마이크를 잡은 진행교사가 학부모들에게 미리 양해를 구했다. 주변이 아파트촌이라 시끄럽다는 민원이 종종 들어와서 마이크 소리를 줄일 수밖에 없다며 멋쩍게 웃었다. 그들의 처지를 이해 못할 바는 아니지만 자유로워야 할 운동회 날마저 예

전의 정서에서 멀어졌다는 게 서글펐다.

내가 학교 다니던 시절의 운동회를 회상하자 마음은 구름을 타고 두리둥실 떠올랐다. 운동장 가득 펄럭이는 만국기와 고을 전체는 열기로 후끈 달아올랐다. 요즘 어떤 축제가 그보다 많은 관객을 동원할 수 있을까. 엄마들은 장롱 깊숙이 넣어놓았던 옷을 깨끗이 차려입고, 아버지는 중절모자에 헐렁한 양복바지까지 입고 한껏 멋을 부렸다. 그야말로 모두가 흥겨워하는 마을 축제였다. 도시락과 간식으로 챙겨온 고구마, 밤, 감도 그날만은 실컷 먹을 수 있었다. 덤으로 용돈까지 얻어 엿이며 과자를 사 먹던 횡재를 어찌 표현할까. 긴 세월의 강이 한순간 역류하여 가슴을 흥건히 적시며 흘러갔다.

점심시간을 알리는 안내방송에 정신이 퍼뜩 들었다. 학생들은 급식을 먹으러 교실로 들어갔다. 교정 곳곳에서는 학부형들이 끼리끼리 모여 간단하게 음료를 마시며 화기애애하고, 혼자인 사람은 쓸쓸히 요기를 하는 듯했다. 이를 보고 있자니 운동회 진행 과정이 다소 마뜩하지 않았다. 특별한 날인데 아이들과 밥이라도 먹도록 해주었더라면 하는 서운함이 있었다. 옛말에 '내 새끼 입에 밥 들어가는 게 제일 보기 좋다'는 말도 있지 않은가. 편리함과 간편함이 으뜸인 세태가 혈육 간의 정마저 허물어가는 것으로 보였다.

오후에는 여느 체육대회와 마찬가지로 이어달리기, 기마전, 줄다리기 등 단체경기가 있었다. 그런데 청군 백군으로 나눠 응원하는 게 아니라 학년별로 열광적인 응원이 시작되었다. 그중 인상적인 것은 학생들의 다양한 옷차림이었다. 20여 학급에서 입은 옷은 그들 나름의 톡톡 튀는 복장이었다.

손녀 반 체육복은 흰 짧은 소매에 검은 반바지라 깔끔하고 제일 단정해 보였다. 어느 반은 농촌 아낙들이 일할 때 편하게 입는 몸뻬 차림이었다. 도심 한가운데, 그것도 학생들이 입은 복장이라 얼떨떨했지만 요즘은 대학생들이 농촌봉사활동을 떠날 때 입는다고 한다. 남학생과 여학생은 색깔로 구분했다. 또 어느 반은 분홍색 긴 소매에 긴 바지라서 잠옷을 입고 나온 듯했고, 해군복에 해군 모자까지 쓴 늠름한 학생들도 있었다.

그중 나의 눈을 사로잡은 차림이 있었다. 아마 1학년이었던 것 같다. 까만 티셔츠를 입었는데 등판에는 '귀여운 내 새끼'라고 적혀 있었다. 그 아래 작은 글씨로 여학생은 '딸내미' 남학생은 '아들내미'라고 구분한 재치가 돋보였다. 아마 담임의 사랑이 차고도 넘칠 반일 것 같았다. 결혼은 당연히 했을 거라는 짐작이 들면서 스승을 넘어 부모의 역할까지 하는 선생님께 믿음과 존경심이 들었다. 옷 색깔과 디자인은 학생들이 선택할 수 있겠지만 반 학생들을 다 품어주는 선생님의 따뜻한 한마디, '딸내미. 아들내미'. 오랫동안 그 반 학생들의 옷차림에서 눈을 뗄 수가 없었다.

'딸내미'나 '아들내미' 딸이나 아들을 귀엽게 이르는 말로 표준어 사전에도 올라 있는 단어인데 이 말을 찾아서 자신의 자식인 양 체육복에 새겨 넣었다는 게 달리 보였다.

체육대회가 막바지에 접어들자 방송으로 학부모들의 참여를 독려했다. 이인삼각 릴레이 종목으로 엄마들과 여교사의 경기였다. 학부모 자리에 있던 한 엄마가 '선생님들이 양보하겠지, 우리 나갑시다.'

하며 바람을 잡았다. 우르르 몰려나갔지만 결과는 학부모 완전 참패였다. 양보 없는 경기였기에 엄마들의 기가 팍 꺾였지만 유쾌하게 한판 웃은 인기 만점 종목이었다.

시대가 시대인지라 여성들의 사회 진출이 날로 눈부시다. 특히 교육계에는 단연 여교사가 다수를 차지한다고 한다. 이 학교 역시 남자 선생님이 2명밖에 없다고 한다. 교장 선생님도 여자 분이다. 일각에서는 여성 위주의 교육이 편향적인 인격 형성을 초래할까 우려하지만 크게 염려할 일이 아니지 싶다. 그간 우리는 조선시대의 유교적 사고가 남아 남존여비의 고루한 사상이 지배적이었다. 이젠 성별로 차별받던 시대에서 능력으로 인정받는 세상이니 딸들의 활약이 두드러지는 건 당연한 일이 아닐까. 물론 남녀가 본연의 역할에서 벗어나는 일에는 비판이 따르겠지만 서로 존중하고 이해하며 살아간다면 발전하지 않겠는가.

오죽하면 요즘 딸들이 '나는 엄마같이 살지 않을 거야.'라며 항변하겠는가. '귀여운 내 새끼, 딸내미, 아들내미'라는 정겨움이 담뿍 담긴 말이 사라지지 않는 한 남녀 차별은 의미가 없다. 이 딸내미, 아들내미가 자라서 평등한 세상을 만들어 갈 것이니까. 멀리서 손녀가 웃으며 손을 흔든다. 정말 귀엽고 귀여운 내 새끼다.

사다리 사랑

　'부모가 무식해서 부끄럽다'는 기사를 읽었다. 자식이 부모를 부끄럽게 여기면서, 고소득 전문직에 종사하는 두 아들은 부양은커녕 연락조차 꺼리고 있다는 내용이다. 이와 비슷한 사연은 신문이나 매스컴을 통해 자주 대하게 되는데 나도 자식을 둔 부모의 처지라 속상하다. 부모란 자식이 홀대하지 않아도 행동과 말 한마디에 웃고 가슴 아파하지 않는가.

　부모가 칠십 대라면 일제 강점기와 한국전쟁을 겪으면서 가난과 온갖 고초를 숙명처럼 안고 살아온 세대다. 그 부모는 배우지 못한 설움을 물려주고 싶지 않아 자신은 제대로 먹지도 입지도 못하면서 자식에게만은 높은 곳을 향하도록 사다리를 만들어준 사람이다. 그래서 자식들은 그 사다리를 밟고 올라갔을 것인데, 이제 와서 부모가 무식하여 부끄럽다고 하니 억장이 무너지는 소리다. 그들도 자

식을 키울 때는 늙어 의지하겠다는 바람보다 오로지 그 자식이 성공하기만을 바랐을 것인데….

그런데 사회의 흐름은 급속도로 변하기 시작했다. 자식이 부모를 박대하는 사연이 만연해지면서 부모들이 냉정하게 바뀌어 가고 있다. 어른으로서는 부끄러운 말이지만, 입을 모아 재산은 죽을 때까지 누구에게도 넘겨주지 말고 쥐고 있어야 한다는 것이다. 맹목적으로 베풀었던 효(孝)와 자식 사랑이 어쩌다가 돈과 직결되어 가고 있는지 창피한 노릇이다.

지난여름, 중국 곤명을 갔을 때 동행했던 부자父子가 있었는데 잊을 수가 없다. 한 가족 네 명 속에 할아버지가 한 분 계셨는데, 다리를 약간 절었다. 일흔아홉이라는 연세에 외국여행을 하는 것도 대단하지만, 유학 가 있는 손녀가 방학 때 오면 할아버지와 친해질 수 있도록 같이 여행한다는 아이 아버지의 효심이 더 놀라웠다.

생면부지生面不知라 해도 어울리다 보면 금세 친해지는 것이 여행의 장점이다. 구경을 다니다 목이 마른 딸이 아버지한테 마실 것을 사달라고 하니, 어젯밤에 할아버지랑 바둑 내기를 해서 오만 원을 땄으니 그것으로 한턱 쓰겠다고 하며 음료수를 일행 모두에게 나누어 주는 모습이 보기 좋았다.

아버지가 바둑을 좋아해서 아예 바둑판을 그린 천과 바둑알을 배낭에 넣고 다닌다고 한다. 잠드시기 전에도 꼭 한두 판을 둔다고 한다. 잠시 쉬는 곳이 있으면 아버지가 무료하지 않게 바둑판을 펼치는 아들의 효심은 보는 이들을 흐뭇하게 했다.

그러면서 아들의 말이, 자기는 아버지한테 용돈을 따로 주지 않는다고 한다. 바둑을 두어서 자기가 지면 십오만 원을 드리고 자기가 이기면 오만 원을 받는다고 한다. 아버지가 용돈이 궁해 보이면 많이 져 준다고 하는데, 그것은 아들에게 용돈을 받는 아버지가 부담스럽지 않게 하기 위해서라고 한다.

그 아들은 아버지의 도움 없이 명문 의대를 나와 의사가 되었다고 했다. 초등학교를 졸업한 후 중학교 입학금 백오십 원이 없어 일 년을 벌어 다음 해에 들어가 그때부터 고학으로 의대를 나왔지만, 아버지가 만들어준 사랑의 다리를 밟고 올라왔음을 믿고 있었다. 효는 자식된 이의 인성에 달린 문제이지 결코 부모의 경제력과는 상관이 없다는 것을 알게 해준 사람이었다.

여행 일정을 끝내고 출국시간을 기다리는 동안에도, 아들은 아버지가 무료할까 봐 공항 바닥에 앉아 바둑을 두고 있었다. 그 모습은 어느 명화보다도 감동적이었다. 손녀도 친구들과 놀고 싶을 텐데 할아버지를 따라온 것을 보면 뿌린 대로 거둔다는 말이 맞다.

자식이란 전생에서 빌려준 빚을 받기 위해 태어난 사람이라는 우스갯소리도 있다. 부모는 자식에게 아까울 게 없다는 뜻일 게다. 나 또한 부모님이 정성껏 만들어 주신 사다리를 밟고 성인이 되었고 내 능력만큼 올라갔다.

사다리란 올라갈 때만 필요한 게 아니다. 성공한 사람도 반드시 내려올 때가 있다. 그런데 사람들은 정상에 도달하면 그 사다리가 필요 없다는 착각을 한다. 그 사다리가 바로 부모인 것을.

그 이름 어머니이기에

　주방 싱크대 위 좁은 선반에는 청자 빛깔의 작은 항아리가 하나 있다. 문우들과 경기도 이천 가마 고을에 갔을 때 일본에 수출하고 남은 거라며 도자기 살 때 덤으로 받은 물건이다. 처음에는 그저 '예쁜 단지구나' 하고 밥상 위에 놓고 생선뼈 같은 허섭스레기를 넣는 그릇으로 사용하면 적당하겠구나 하고 받아왔다. 지금은 거기에 포크를 꽂아놓고 있다.

　오늘 아침이었다. 설거지를 하고 차 수저를 꽂는데, 청자색깔이 유난히 빛났다. 햇살을 받아서일까. 그동안 내가 무심해서 몰랐던 것일까. 사람도 외모만 보고 그저 그런 사람으로 알았다가 어느 계기가 되어서야 그 사람의 진가를 알아보듯, 대단치 않게 여겼던 항아리가 볼수록 색채가 신비로웠다. 그때 갑자기 기억난 것은 그 도자기를 얻은 곳에 같이 갔던 친구였다.

그와 나는 문학 모임에서 만났는데, 동갑이어서 가깝게 지냈다. 언젠가는 만나자고 했더니 그날이 시아버지 기일인데 하면서도 하던 일을 미뤄놓고 달려올 만큼 허물없던 사이다. 그 무렵 친구 큰아들은 고시원에 들어가 있었다. 2년을 실패하고 삼 년째 어느 날, 아들은 한계를 느꼈던지 엄마한테 포기하고 집으로 가야겠다고 했단다.

예전이나 지금이나 자식이 고시공부한다면 부모로서 나름대로 자부심이 왜 없었겠는가. 그러니 중도에서 그만두려는 아들의 말을 듣고 부모는 하늘이 무너지는 듯했을 것이다. 전화를 받고 남편이 아들을 만나러 가겠다고 하는 것을 자식의 마음을 돌리는 데는 어미가 낫다며 친구가 나섰다고 했다.

아들을 불러내어 점심을 사주고, 간신히 달래서 고시원으로 들어가고 있었다고 했다. 그런 혼란스러움 속에 운전을 하다 보니 옆에서 차가 달려드는 것도 못 보았던가 보다. 갑자기 친구를 잃은 슬픔에 나도 기가 막혔으니 가족은 어떠했을까. 회갑 때 입을 거라며 한복 한 벌을 장만해 놓고 활짝 웃더니 그 옷도 입어보지 못하고 유언 한마디 없이 떠난 그가 야속했다.

자신도 그렇게 갈 줄 몰랐겠지만, 차라리 담대한 남편이 갔었다면 그런 끔찍한 일은 피했을지도 모른다고 생각하면 세월이 흘렀어도 잊히지 않는다. 하지만 자식 때문에 노심초사하면서도 내색하지 않는 그 이름이 우리나라의 어머니들이다. 불행 중 다행인 것은 같이 탔던 큰아들과 둘째 아들은 찰과상 정도로 무사했다고 한다. 자신 때문에 달려왔다가 어머니를 보내야 했던 큰아들에게 박힌 상처는 아마도 평생 지워지지 않을 것 같다. 다만 어머니의 넋을 위해서라도 꼭 시험에 합격해서 부모님 기대에 어긋나지 않는 아들이 되겠다고 스스로 다짐했으리라 본다. 들리는 말로는 공부를 계속하고 있다고 했는데, 친구가 없으니 연락이 끊기고 말았다.

그 사고가 난 뒤에 한 회원이 남편에게 걸었던 기대는 접고 아들한테나 희망을 가져야겠다고 한다. 그만큼 남편보다 자식에 거는 꿈이 크다는 말이기도 하지만, 그게 순리고 어미에게는 가장 큰 낙이라고 본다. 사실 자식은 울타리 역할만 하지 실제로 나를 아껴 주는 사람은 남편밖에 없는데도 자식에게는 주어도주어도 부족하다고 느껴지는 건 어쩔 수 없는 모정 때문이다.

나도 자식을 키울 때, 노후는 자식한테 의지하면 된다는 믿음을 가지고 박봉을 쪼개가면서 정성을 쏟았다. 그런데 요즘 사회는 부모가 의지는 고사하고 아들 며느리가 사네 못 사네 하지 않고 구순하게 잘살아주기만 해도 효도라는 세상이 되었다. 불의의 사고로 먼저 간 친구도 여느 엄마같이 아들을 출세시켜 덕 보겠다는 것보다 아들이 잘되기만을 바라며 있는 힘을 다 쏟았을 것이다.

이 항아리를 보니 그녀와 문학 강의도 듣고, 자식에 대한 고민거리를 상의하던 때가 그립다. 지혜롭고 살뜰했던 그녀로부터 배운 것도 참 많았는데.

축하 드립니다

글과 사진은 할머니의 승화된 삶

할머니,

여든 번째 생신과 두 번째 수필집 출간을

축하드립니다.

할머니와 살며 두 번의 에세이 출간을 지켜보게 되었네요.

이번 책은 그동안 연마하신 글 솜씨 때문인지

더욱 깊이 있는 글이 많네요.

수십 년을 글과 사진으로

할머니의 삶을 승화하신다는 것은

참으로 멋지고 설레는 일이랍니다.

이번 작업을 통해 할머니의 슬프고 힘들었던 기억이 치유되고,

행복했던 기억만 갖고 계시면 좋겠습니다.

앞으로도 건강관리 잘하셔서 글도 계속 쓰시고,

이곳저곳 여행 다니시며 사진도 찍으시길 바랍니다.

할머니 곁에서 열심히 응원하겠습니다.

– 손녀 김민정